시가 너에게 해답을 가져다줄 것이다

시가 너에게 해답을 가져다줄 것이다

1판 1쇄 발행 2019년 10월 21일
1판 2쇄 발행 2020년 12월 28일

지 은 이 문태준
펴 낸 이 신혜경
펴 낸 곳 마음의숲

대 표 권대웅
편 집 전유진 채수회
디 자 인 임정현 박기연
마 케 팅 노근수 김은빈

출판등록 2006년 8월 1일(제2006-000159호)
주 소 서울시 마포구 와우산로30길 36 마음의숲빌딩(창전동 6-32, 3층)
전 화 (02) 322-3164~5 팩스 (02) 322-3166
이 메 일 maumsup@naver.com
인스타그램 @maumsup
용지 (주)타라유통 인쇄·제본 스크린그래픽

ISBN 979-11-6285-046-6 (03810)

*값은 뒤표지에 있습니다.

*이 도서의 국립중앙도서관 출판예정도서목록(CIP)은 e-CIP홈페이지(http://www.nl.go.kr/ecip)와 국가자료공동목록시스템(http://www.nl.go.kr/kolisnet)에서 이용하실 수 있습니다.
(CIP제어번호: CIP2019039338)

시가 너에게
해답을
가져다줄 것이다

문태준 지음

마음의숲

시를 쓰는 일 못지않게 시를 소개하는 일을 계속 해왔다. 시는 과일의 향처럼 향이 은은하게 좋다. 흐릿한 듯해도 빛이 가만하게 나온다. 무너진 가슴인 줄 알았는데 가슴에 다시 파릇한 싹이 조그맣게 움튼다. 시는 언덕과 같이 보다 높은 곳으로 데려간다. 어디에서든, 언제든 시를 펼쳐놓으면 시는 신선한 향과 빛과 푸른 생기와 확 트인 시야로 대답한다.

나는 매일매일 시를 읽는다. 새잎 같고, 여름 소나기 같고, 가랑잎 같고, 백색의 눈 같은 시를. 위로이며 한 송이 꽃이며, 사랑, 촛불, 지혜인 시를. 내가 아껴가며 읽은 좋은 시를 함께 나눈다. 이 시들이 해답을 가져다줄 것이다.

2019년 10월

문태준

차례

1부_침묵이 아직 오지 않은 말을 더 빛내듯

2부_ 모든 순서가 되었습니다, 당신

3부_오해로 올 수 있는 사람은 없으리

4부_나의 길은 언제나 새로운 길

5부_밤하늘처럼 초롱초롱 추억의 문장이 빛난다

1부

침묵이
아직
오지 않은 말을
더 빛내듯

마음

김영재

연필을 날카롭게 깎지는 않아야겠다

끝이 너무 뾰쪽해서 글씨가 섬뜩하다

뭉툭한 연필심으로 마음이라 써본다

쓰면 쓸수록 연필심이 둥글어지고

마음도 밖으로 나와 백지 위를 구른다

아이들 신 나게 차는 공처럼 대굴거린다

연필심을 뾰족하게 깎아서 쓴 글씨를 섬뜩하게 여긴 시인은 연필심의 끝을 짧고 무디게 해 글씨를 쓴다. 뭉툭한 연필심으로 '마음'이라고도 써본다. '마음'이라고 썼더니 속마음이 안심하고 바깥으로 나와 흰 종이 위를 대굴대굴 굴러다닌다. 천진한 아이가 찬 둥근 공처럼. 마치 연잎에 뒹굴뒹굴하는 빗방울처럼.

마음의 연필심을 뭉툭하게 깎아 사용한다는 것은 무엇인가. 헐겁게, 수수하게, 망설이며, 내주면서, 홀가분하게, 사근사근하게, 펀펀하고 넓게, 눈물도 흘릴 줄 알면서 산다는 것 아니겠는가. 마음을 눈보라처럼 깨진 유리조각처럼 사용하지 않고 볕처럼 봄처럼 사용한다는 것 아니겠는가. 맺힌 꽃망울처럼 뭉툭하게 사용한다는 것 아니겠는가.

곁

신병은

늦가을 꽃의 마알간 낯바닥을
한참을 쪼그려 앉아 본다
벌들이 날아든 흔적은 없고
햇살과 바람만이 드나든 흔적이 숭숭하다
퇴적된 가루 분분한 홀몸에 눈길이 가고
나도 혼자라는 생각이 정수리에 꼼지락대는 순간,
꽃 속 꽃이 내어준 자리에 뛰어들었다.
혼자 고요한 꽃은,
누군가 뛰어든다는 것을 생각지도 못한 꽃은
순간 화들짝 놀랐지만
나도 저도 이내 맑아졌다
곁이리라
화엄華嚴이리라

맑은 낯을 한 꽃이 있다. 생명들의 기운이 점차 쇠락해지는 늦가을에 꽃의 얼굴을 본다. 그 어떤 것도 탐하지 않아 아주 고요한 내면으로 꽃은 있다. 자기를 잘 제어하면서, 부족함에도 불구하고 스스로 넉넉하다고 느끼면서 꽃은 있다. 호수의 수면과도 같은 꽃의 조용하고 잠잠한 내부로 시인이 들어간다. 들어간다는 것은 마음이 이끌려 이동한다는 뜻이다. 이끌려 눈길을 주고받고, 내심內心을 나눈다는 뜻이다.

홀로 지내느라 누군가를 수용하는 일이 익숙하지 않아 다소 놀람이 없지 않았겠지만 꽃은 시인에게 곁을 허락한다. 그리고 다시 애초의 평온하고 깨끗하고 수수한 낯으로 돌아간다. 이런 사귐이라면 상스럽지 않다. 이 꽃과 같은 영혼의 맑음과는 사귀고 싶다.

저녁이 젖은 눈망울 같다는 생각이 들 때

권대웅

눈은 앞을 바라보기도 하지만 뒤를 볼 수도 있다
침묵이 아직 오지 않은 말을 더 빛내듯
보지 않은 풍경을 살려낼 때가 있다
눈을 감았을 때
바보의 무구한 눈망울을 보았을 때
마음의 뒤란에 가꾸고 있는 것이 많을 때
뒤를 만지듯
얕은 것보다 깊은 것들을 살려내는 눈

황소의 젖은 눈처럼 저녁이 온다
꿈벅거리는 큰 눈 속으로 땅거미가 진다
땅속이 환해서 뿌리가 자란다

모든 것에는 겉으로 나타나거나 눈에 보이지 않는 뒷면 혹은 이면이 있다. 그리하여 상반된 것들이 짝을 이룬다. 위와 아래, 앞과 뒤, 안과 바깥, 형상과 본질, 발화와 묵언, 이동과 정지 등등이 그러한 예다. 시야는 시력이 미치는 범위를 일컫는다. 그러나 시야에는 비가시적인 것을 내다볼 수 있는 영역을 함께 포함한다. 우리는 눈을 뜨고 있을 때에 시야에 들어오는 많은 것을 갖게 되지만, 눈을 감았을 때에도 탁 트인 시야를 갖출 수 있다. 눈을 내면 쪽으로 돌리면 눈은 심해와도 같은 마음을 탐사하게 된다. 저녁이 오고, 우리도 "황소의 젖은 눈처럼" 큰 눈을 비로소 감을 때에 우리는 땅속과도 같은 공간에서도 눈뜰 수 있고, 그리하여 내심의 근기가 튼튼하게 자라나게 된다.

지금은 우리가

박준

그때 우리는
자정이 지나서야

좁은 마당을
별들에게 비켜주었다

새벽의 하늘에는
다음 계절의
별들이 지나간다

별 밝은 날
너에게 건네던 말보다

별이 지는 날
나에게 빌어야 하는 말들이

더 오래 빛난다

좁은 마당에는 낮의 시간이 붐빈다. 낮의 시간에 사람들은 몹시 바쁘게, 불안하게 뛰어다닌다. 좁은 마당은 낮 동안 더욱 깡마르지만 밤이 깊어지면 비로소 별들이, 우주의 눈망울들이 마당 가득 쏟아진다. 별들이 궤도를 따라 운행하는 새벽에는 여름의 끝에 이어 가을의 별들이 우리의 지붕 위를 돌게 될 것이다.

시인이 다른 시편에서 "들깨씨를 토해놓은 듯/ 별들도 한창이었습니다"라고 썼던 그 별들을 보고 싶다. 비록 우리의 가슴에는 사랑을 가꾸는 말보다 슬픔과 함께 떨어져버린 말들이 많지만 그래도 하늘을 우러러 별들을 보고 싶다.

천관天冠

이대흠

강으로 간 새들이
강을 물고 돌아오는 저물녘에 차를 마신다

막 돋아난 개밥바라기를 보며
별의 뒤편 그늘을 생각하는 동안

노을은 바위에 들고
바위는 노을을 새긴다

오랜만에 바위와
놀빛처럼 마주 앉은 그대와 나는 말이 없고

먼 데 갔다 온 새들이
어둠에 덧칠된다

참 멀리 갔구나 싶어도

거기 있고

참 멀리 왔구나 싶어도

여기 있다

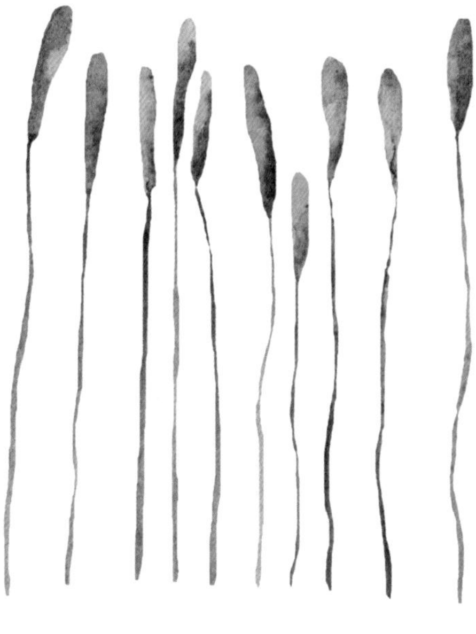

언젠가 전라남도 장흥에 가서 천관산을 바라본 적이 있다. 봉우리와 기암괴석이 솟아오른 모양새가 면류관冕旒冠과도 같다고 해서 천관산이라는 이름이 생겼다 했다. 어느 날 해질녘에 시인은 천관산을 마주 대하고 있었으리라. 새들은 날아 돌아오고, 서쪽 하늘에는 별이 떴다. 뉘엿뉘엿 넘어가는 석양의 붉은빛이 바위를 물들였다. 시인은 바위와 마주 앉고, 사랑하는 사람과도 마주 앉았다. 그러나 별다른 말은 없고, 말 없어도 의중을 알아차릴 듯하다. 이 조용한 조응은 참 근사하다. 마주 앉아 서로 비춘다. 헤아림과 수긍과 보살핌이 오고간다. 그러면서 시인은 떠나가고 돌아오는 일에 대해서도 생각한다. 아주 안 볼 듯이 떠나가도 그 자리요, '거기'와 '여기'가 멀지 않다. 모든 '거기'와 '여기' 사이에도 아름다운 조응이 있다.

그 손

김광규

그것은 커다란 손 같았다
밑에서 받쳐주는 든든한 손
쓰러지거나 떨어지지 않도록
옆에서 감싸주는 따뜻한 손
바람처럼 스쳐가는
보이지 않는 손
누구도 잡을 수 없는
물과 같은 손
시간의 물결 위로 떠내려가는
꽃잎처럼 가녀린 손
아픈 마음 쓰다듬어주는
부드러운 손
팔을 뻗쳐도 닿을락 말락
끝내 놓쳐버린 손
커다란 오동잎처럼 보이던
그 손

생각해보면 뒤에서 나를 도와주는 존재가 있다. 나는 원조를 받고, 나는 지지를 받는다. 반짝이는 별에게 밤의 하늘이, 캄캄한 어둠이 배경이 되어주는 것처럼 누군가 혹은 어떤 힘은 나의 배경이 되어준다. 험한 낭떠러지로 내몰리지 않도록 밑과 옆에서 내 존재의 근거가 되어준다. 기초로 받쳐놓은 주춧돌처럼. 그러나 그 후원의 손은 스쳐가는 바람 같고, 움켜쥘 수 없는 물과 같아서 대면하기가 쉽지 않다. 오동잎처럼 큼직하고 묵직해서 듬직하다고 느낄 뿐이다. 나를 잡아주었던 손들을 생각해본다. 외할머니가 감나무 아래에서 어릴 적 나를 잡아주었고, 누나가 여름밤의 들마루에서 사춘기 적 나를 잡아주었다. 뻗어가는 산등성이, 고요한 저수지, 풀벌레 소리, 어린 염소와 잠자리, 토끼와 강아지, 마당에 세워두었던 눈사람이 내겐 "커다란 오동잎처럼 보이던" 손이었다. 요즘엔 나의 손이 아버지의 손을 잡는다. 나를 꽉 잡아주던, 평생 농부로 살아온 아버지의 늙은 손을 나의 희고 가녀린 손이 잡는다.

운주사에서

정호승

꽃 피는 아침에는 절을 하여라
피는 꽃을 보고 절을 하여라
걸어가던 모든 길을 멈추고
사랑하는 사람과 나란히 서서
부처님께 절을 하듯 절을 하여라

꽃 지는 저녁에도 절을 하여라
지는 꽃을 보고 절을 하여라
돌아가던 모든 길을 멈추고
헤어졌던 사람과 나란히 서서
와불님께 절을 하듯 절을 하여라

절을 하는 일은 예경禮敬의 일이다. 나를 낮추고 상대를 섬기는 일이다. 잘 모시어 받드는 일은 존앙의 뜻을 나타내는 것이다. 존앙은 괄시恝視를 버리는 것이다. 뽐내며 즐거워하던 것을 버리는 것이다. 개화하는 기쁨의 때에도 낙화하는 슬픔의 때에도 상대를 오직 한 곬으로 와불님처럼 모시는 것이다.

절을 하는 사람은 말이 부드럽고 온화하다. 마음에 독이 없는 자비의 마음 그 자체다. 경전에서는 "일체 중생에 대해 자비심을 일으키는 자는 손톱의 흙만큼 적고, 자비심을 일으키지 않는 자는 대지의 흙만큼 많으니 부디 항상 자비심으로 대하여라"라고 일렀다. 구름 걷혀 나타나는 달처럼 교만의 구름을 벗어나 섬김의 빛으로 세간을 밝게 비추어야 할 일이다.

돌담에 속삭이는 햇발

김영랑

돌담에 속삭이는 햇발같이
풀 아래 웃음 짓는 샘물같이
내 마음 고요히 고운 봄 길 위에
오늘 하루 하늘을 우러르고 싶다

새악시 볼에 떠오는 부끄럼같이
시의 가슴에 살포시 젖는 물결같이
보드레한 에머랄드 얇게 흐르는
실비단 하늘을 바라보고 싶다

시인은 봄의 하늘을 우러르고 싶다고 말한다. 이 봄의 하늘은 5월의 하늘로 읽히는데, 김영랑 시인에게 5월은 생명의 약동이 한껏 넘쳐나는 때이다. 시인은 시 〈오월〉에서 "바람은 넘실 천 이랑 만 이랑/ 이랑 이랑 햇빛이 갈라지고/ 보리도 허리통이 부끄럽게 드러났다"고도 표현했다. 돌담에 쏟아지는 따스한 봄 햇살을 사람의 가만한 속삭임이라고 보았고, 풀 아래 맑은 샘물이 흐르는 것을 사람의 잔잔한 웃음이라고 보았다. 서로간의 다정하고도 잘 어울리는 관계를 드러내고 있는 셈이다. 그리고 그와 같은 관계로 '나'도 '하늘'을 향해 서고 싶다고 했다. 이 시를 읽으면 부드럽게 친화하는 마음과 상대를 받드는 마음에 대해 생각하게 된다.

지금

김언

지금 말하라. 나중에 말하면 달라진다. 예전에 말하던 것도 달라진다. 지금 말하라. 지금 무엇을 말하는지. 어떻게 말하고 왜 말하는지. 이유도 경위도 없는 지금을 말하라. 지금은 기준이다. 지금이 변하고 있다. 변하기 전에 말하라. 변하면서 말하고 변한 다음에도 말하라. 지금을 말하라. 지금이 아니면 지금이라도 말하라. 지나가기 전에 말하라. 한순간이라도 말하라. 지금은 변한다. 지금이 절대적이다. 그것을 말하라. 지금이 되어버린 지금이. 지금이 될 수 없는 지금을 말하라. 지금이 그 순간이다. 지금은 이 순간이다. 그것을 말하라. 지금 말하라.

존재하는 바로 지금 이 순간이 전부이다. 바로 지금, 여기가 있을 뿐, 다른 더 좋은 시절은 없다. 지나간 과거에 붙들려 있지 말고, 아직 오지 않은 미래를 걱정하지도 말 일이다. 오직 현재의 마음을 얻을 일이다. 지금 이 순간도 변하고 있다. 그대로 있는 것은 없다. 잘 깎아놓은 한 알의 사과도 곧 과육의 색깔이 변한다. 순간순간이 있을 뿐이다. 시간도 왔다 간다. 고통도 지나간다. 우리의 얼굴에 핀 미소도 물 위를 떠내려가는 종이배처럼 흘러간다. 지금 일어나는 것을 바로 보라. 지금은 금방 빠져나간다. 움켜쥐었으나 곧 손바닥에서 빠져나가는 물처럼. 그래서 참선 수행자들에게 염기즉각念起卽覺해야 한다고 가르치는 것이리라. 한 생각이 일어나면 곧바로 알아차려야 한다고 가르치는 것이리라.

이 시는 집요하게 '지금'을 말하라고 요구한다. 내 손과 발이 움직이는 이 순간을, 내 생각이 안개처럼 피어나고 뭉쳐지고 흩어지는 이 순간을, 내가 전면적으로 마주보고 대하고 있는 지금 이 순간을 아주 명백하게 보라고 말한다. 사실과 꼭 같게, 있는 그대로를 보라고 말한다. 그렇다. 그것이 정견正見일 것이므로.

시

나태주

마당을 쓸었습니다
지구 한 모퉁이가 깨끗해졌습니다

꽃 한 송이 피었습니다
지구 한 모퉁이가 아름다워졌습니다

마음속에 시 하나 싹텄습니다
지구 한 모퉁이가 밝아졌습니다

나는 지금 그대를 사랑합니다
지구 한 모퉁이가 더욱 깨끗해지고
아름다워졌습니다.

이 시를 읽고 난 후에는 이 세상에서 일어나는 모든 움직임에 대해 사소한 일이라고 말할 수 없게 될 것 같다. 모래의 낱 알갱이가 구르는 일도, 한 번의 물결이 일어나는 일도, 한 자락의 바람이 동쪽으로 불어가는 일도 예사의 일이 아니다. 몸과 마음이 하는 동작은 미묘한 변화 이상을 만들어낸다.

마당을 쓸면 지구의 한 모서리가 말끔해진다. 꽃이 피어서 지구의 한구석이 곱고 환해진다. 속마음으로 누군가를 그리워하는 순간 지구의 왼쪽 가슴이 설렌다. 우리들 내면의 토양에 시의 한 구절이, 시상詩想의 한 싹이 파릇파릇 새로 돋아나올 때 지구는 하나의 꽃밭처럼 산뜻해진다. 좋은 씨앗을 뿌리면 좋은 열매를 얻는다. 말 한마디도 허투루 하지 말 일이다. 아무렇게나, 되는대로 해도 좋은 일은 없기 때문이다.

이생

하재연

엄마가 나 되고
내가 엄마 되면
그 자장가 불러줄게
엄마가 한 번도 안 불러준
엄마가 한 번도 못 들어본
그 자장가 불러줄게

내가 엄마 되고
엄마가 나 되면
예쁜 엄마 도시락 싸
시 지으러 가는 백일장에
구름처럼 흰 레이스 원피스
며칠 전날 밤부터 머리맡에 걸어둘게

나는 엄마 되고
엄마는 나 되어서
둥실

우리는 외롭고 추운 존재이다. 그러나 엄마가 있어서, 엄마는 딸과 아들을 품속에서 기른다. 낮고 고운 목소리로 자장가를 불러 잠을 재운다. 또 도시락을 싸서 주고, 원피스를 사서 입힌다. 누워 잠이 든 아이의 머리맡에 당신이 마련한 것들을 가만히 놓아둔다. 아침에 일어나자마자 볼 수 있도록. 그래서 마음이 풍선처럼, 흰 구름처럼 둥실 떠오르도록. 그러나 엄마에게도 엄마가 있고, 엄마도 한 때는 딸이었고, 엄마의 어린 딸도 미래에는 아이의 엄마가 된다. 엄마, 하고 불러본다.

별

신경림

나이 들어 눈 어두우니 별이 보인다
반짝반짝 서울 하늘에 별이 보인다

하늘에 별이 보이니
풀과 나무 사이에 별이 보이고
풀과 나무 사이에 별이 보이니
사람들 사이에 별이 보인다

반짝반짝 탁한 하늘에 별이 보인다
눈 밝아 보이지 않던 별이 보인다

나이 들어 눈은 어두워졌는데 보이지 않던 것이 보인다니 이것은 무슨 뜻일까. 육안肉眼은 닫히지만 심안心眼이 열린다는 뜻이겠다. 세상은 비록 '탁한 하늘'이지만 그 내부 깊숙한 곳에서 '별'을 발견할 수 있는 예지가 생겼다는 의미겠다. 그 예지도 '관계'를 볼 줄 아는 지혜겠다. 존재들 사이에 별이 있다고 바라보는 마음에는 재촉과 불안과 외면이 없다. 조화와 섬김과 위로와 행복이 있을 뿐.

세월 앞에는 푸른 솔도 견디지 못한다지만 연치가 쌓일수록 마음의 통이 좀 커졌으면 한다. 신경림 시인은 한 시집에서 "그동안 내가 모으고 쌓은 것이/ 한줌의 모래밖에 안된다"고 말한다. 또 "도무지 내가 풀 속에 숨은 작은 벌레보다/ 더 크다는 생각이 들지 않는다"고 말한다. 이처럼 하심下心과 관대함이 노경의 마음 씀씀이라면 황혼에 가까워지는 것을 두려워하거나 마다할 이유가 없을 것이다. 눈 어두워지고 귀 멀어졌다고 탄식만을 보탤 일이 아닐 것이다.

끝없는 강물이 흐르네

김영랑

내 마음의 어딘 듯 한편에 끝없는 강물이 흐르네
돋쳐 오르는 아침 날빛이 빤질한 은결을 돋우네
가슴엔 듯 눈엔 듯 또 핏줄엔 듯
마음이 도란도란 숨어 있는 곳
내 마음의 어딘 듯 한편에 끝없는 강물이 흐르네

이 시는 우리들 마음의 어딘가에 강물이 그득 퍼져 흐른다고 말한다. 한 번도 마르지 않고, 또 낮밤으로 쉼이 없이 흐른다고 말한다. 그렇다면 그 강물은 어떤 상태에 있는가. 아침의 햇살이 떠오르면서 강물의 물결을 비춰 물결이 위로 조금 도드라진 상태, 드높아진 상태에 있다고 말한다. 매끄럽고 자르르하게 윤기가 흐르는 상태에 있다고 말한다. 생기가 돌고, 맑고 반짝반짝 빛나고, 위를 향해 약간 높아진 상태에 있다고 말한다. 그런 강물이 가슴에, 눈에, 핏줄에 흐른다고 말한다.

이 시를 읽으면 우리가 지녀야 할 마음의 상태에 대해 생각해보게 된다. 광채가 찬란한 생명의 강물이 우리 모두에게 흐르고 있음에 감격하게 된다.

이 시는 1935년에 간행된《영랑시집》에 첫 번째로 실렸다.

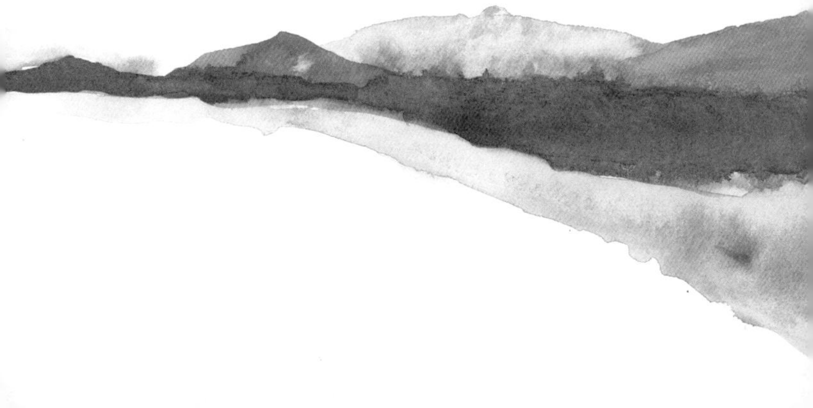

유사流沙를 바라보며

민영

내 마음속의
푸른 연꽃은 시들고
검게 탄 줄거리와 구멍 뚫린
씨주머니만 남았습니다.

자 당홍빛 구름 위에
오롯이 자리하신 부처님,

이 몸이 떠나야 할
유사流沙의 끝 보리수나무 그늘은
아직도 멀었습니까?

소리개 한 마리
허공을 맴돕니다.

'유사流沙'는 바람이나 흐르는 물에 의하여 흘러내리는 모래를 뜻하고, '소리개'는 수릿과의 새인 솔개를 뜻한다. 시인은 자신의 마음이 연꽃을 심은 못의 풍경을 닮았다고 말한다. 그러나 그 연지蓮池는 푸른 연꽃이 지고 난 후의 다소는 황폐하여 거칠고 쓸쓸한 모습이다. 연지는 늙고 피로해진 자신을 은유한 것이 아닐까 한다.
시인은 자신이 필경 도달해야 할 깨달음과 해탈에 대해 생각한다. 그 경지를 "유사流沙의 끝 보리수나무 그늘"로 표현했다. 그곳은 무상의 시간을 넘어서 이르게 될 고요하고 청정하고 안정된 곳이다. 시인은 솔개처럼 매섭게 그곳을 바라본다.

새해의 기도

이성선

새해엔 서두르지 않게 하소서.
가장 맑은 눈동자로
당신 가슴에서 물을 긷게 하소서.
기도하는 나무가 되어
새로운 몸짓의 새가 되어
높이 비상하며
영원을 노래하는 악기가 되게 하소서.
새해엔, 아아
가장 고독한 길을 가게 하소서.
당신이 별 사이로 흐르는
혜성으로 찬란히 뜨는 시간
나는 그 하늘 아래
아름다운 글을 쓰며
당신에게 바치는 시집을 준비하는
나날이게 하소서.

새해가 밝으면, 모두의 마음에는 새로운 소원이 생길 것이다. 그 소원이 흐르는 물줄기처럼 원만하게 깨끗하게 끝까지 가기를 기도한다.
말도 행동도 찬찬하게 조리 있게 하면서 살았으면 한다. 마음의 안정을 얻었으면 한다. 맑은 영혼으로 세상을 바라보고, 또 누군가의 갈증을 해소하는 천수泉水와도 같은 존재가 되었으면 한다. 이상을 좀 크고 높게 가져볼 일이다. 때때로 자신의 내면을 거울처럼 들여다보아 절제하며 살았으면 한다. 또 쓸데없는 생각을 하지 않고 번뇌를 이겨 매일매일 아름다운 생각을 가꾸었으면 좋겠다. 지혜로 세상을 비추는 사람이었으면 한다.

2부

모든 순서가
되었습니다,
당신

풀꽃

나태주

자세히 보아야 예쁘다
오래 보아야 사랑스럽다
너도 그렇다

단 세 줄짜리 시다. 그러나 이 시의 내면은 어머니의 마음처럼 포근하고 너그럽고 들판처럼 넓다. 많은 사람들이 이 시를 사랑하는 까닭일 것이다. 누구든, 어떤 대상이든 관심을 갖고 깊이 들여다보면 모두가 예쁘고 사랑스러운 존재이다.

자세히 오래 들여다보면 형태와 무늬, 속마음과 움직임, 차림과 목소리 등 하나하나가 미덥고 기쁨을 준다. 흔하고 평범하게 보일지 모르지만 모두가 특별하고 고유한 풀꽃이다. 관심은 배려하고 기다리는 마음이다. 관심은 향기로운 꽃을 볼 수 있는 눈이다.

또 관심을 통해 당신도, 나도 예쁘고 사랑스러운, 참말로 귀한 존재가 된다. 풀밭에 가서 풀꽃을 바라볼 때의 자세는 또 얼마나 아름다운가. 나의 몸을 땅처럼 물처럼 낮춰 엎드리는 겸허와 자애의 몸가짐에서만 풀꽃의 빛남을 발견할 수 있다.

시인은 시 〈오늘은 꽃〉에서 "웃어도 예쁘고/ 웃지 않아도 예쁘고/ 눈을 감아도 예쁘다// 오늘은 네가 꽃이다"라고 썼다. 꽃인 당신을 보아서 오늘도 호일好日이다.

선잠

박준

그해 우리는
서로의 선부름이었습니다

같은 음식을 먹고
함께 마주하던 졸음이었습니다

남들이 하고 사는 일들은
우리도 다 하고 살겠다는 다짐이었습니다

발을 툭툭 건드리던 발이었다가
화음도 없는 노래를 부르는 입이었다가

고개를 돌려 마르지 않은
새 녘을 바라보는 기대였다가

잠에 든 것도 잊고

다시 눈을 감는 선잠이었습니다

옛 시간에 엉성했고 서툴렀던 사랑이 가슴에 살았다. 음식을 나눠 먹었고, 또 나른하고 보드라운 시간이 좋았다. 남들만큼 잘 살고 싶었다. 말을 주고받지 않아도, 소소한 몸놀림만으로도 마음속에 들어갔다 나온 것처럼 서로를 충분히 짐작할 수 있었다. 노래와도 같은 빛이 있었다. 새 촉이 나듯이 새로이 올 내일이 있었다. 깊이 들지 못하는 선잠 같았던, 곧 깨고 말았지만 지금은 그리워하게 된 옛사랑의 시간이 있었다. 허름했고, 격랑이 없지는 않았지만, "마음만으로는 될 수도 없고/ 꼭 내 마음 같지도 않은 일들이" 수두룩했지만, 어설펐지만, 사랑의 느낌이 마음의 탁자 위에 꽃병처럼 놓여 있었다.

지금 사랑의 시간을 살고 있다면, 허밍처럼 즐겁고 상쾌하게 사랑의 시간만을 살 일이다.

서해

이성복

아직 서해엔 가보지 않았습니다
어쩌면 당신이 거기 계실지 모르겠기에

그곳 바다인들 여느 바다와 다를까요
검은 개펄에 작은 게들이 구멍 속을 들락거리고
언제나 바다는 멀리서 진펄에 몸을 뒤척이겠지요

당신이 계실 자리를 위해
가보지 않은 곳을 남겨두어야 할까 봅니다
내 다 가보면 당신 계실 곳이 남지 않을 것이기에

내 가보지 않은 한쪽 바다는
늘 마음 속에서나 파도치고 있습니다

서해가 아득하게 펼쳐져 있다. 썰물이 되어 물이 빠진 갯벌에는 게들이 살고, 또 밀물이 올라오면 서해는 질펀하고 평평한 갯벌에 몸을 뒤척인다. 서해가 내 마음에도 펼쳐져 있다. 늘 파도가 치는, 붉은 낙조가 아름다운, 까마득한 서해 바다가 내 마음에 자리를 잡고 있다. 그러나 시인은 그곳 서해에 끝내 가지는 않겠노라고 말한다. 혹여 그곳에 사랑하는 당신이 계실지 모르는 까닭에. 내가 다 가보면 당신이 계실 곳이 줄어들 것이기에. 당신에게도 당신이 계실 자리와 시간이 있어야 하기에. 당신에게도 어떤 여지가 필요하기에.

우리 마음속에는 파도치는 바다가 있다. 사랑이라는 이름의 서해 바다가 있다. 시인은 이 감정을 시 〈거울〉에서 "하루 종일 나는 당신 생각으로 가득 차 있습니다 나는 당신을 지울 수가 없습니다 이 길은 끝이 있습니까"라고 썼다.

연애 간間

이하석

점과 점이
마음
내어
선을 이루지만,

참새라도 앉으면
여리게 떨
리는,
저 전깃줄.

끊어질 듯 매우 팽팽하지는 않게, 그렇다고 너무 느슨해 무덤덤할 정도는 더욱 아니게 이쪽과 저쪽을 연결하고 있는 마음의 선線이 있다. 마치 적당하게 당겨진 거문고의 현처럼. 마치 작은 참새가 내려앉으면 위아래로 물결처럼 줄렁줄렁 흔들리는 전깃줄처럼.

우리의 마음이 그런 여린 내면이면 좋겠다. 매일매일 그런 섬세한 감정의 선線을 갖고 산다면 좋겠다. 솔직하고, 부드럽고, 외면하지 않아 어디에고 마음이 쏠리는 데가 있다면 좋겠다. 그런 마음의 전깃줄에 사랑이 내려앉아라. 그러면 그 마음의 전깃줄은 수줍게 웃겠지. 산들산들 부는 바람처럼 위아래로 흔들리겠지.

연꽃 만나고 가는 바람같이

서정주

섭섭하게,
그러나
아조 섭섭지는 말고
좀 섭섭한 듯만 하게,

이별이게,
그러나
아주 영 이별은 말고
어디 내생에서라도
다시 만나기로 하는 이별이게,

연꽃
만나러 가는
바람 아니라
만나고 가는 바람같이……

엊그제

만나고 가는 바람 아니라

한두 철 전

만나고 가는 바람같이……

사랑을 만나러 갈 때에는 들떠 두근거리지만, 떠나올 적에는 다시 만날 기약이 없어 서운하고 아쉽다. 그러나 만나면 언젠가는 헤어지게 되어 있고, 헤어진 사람은 후일에 반드시 다시 돌아온다.

이 시를 읽으면 이별도 담담하게 받아들일 수 있을 것 같다. 가슴에서 슬픔의 무게를 조금이나마 덜어내 소소하게 여길 수 있을 것 같다. 이별의 기억에서도 한 송이 연꽃의 미묘한 향기가 날 것 같다. 게다가 이 생애 다음에 올 내생來生도 대낮처럼 훤히 보일 것 같다.

살랑살랑 불어가는 바람의 보법步法을 보시라. 우리가 하는 사랑의 밀어도 저 바람이 다 실어가리니. 연꽃은 진흙 속에 있지만 항상 깨끗함을 잃지 않는다. 모든 인연이 연꽃을 만나고 가는 바람 같았으면. 모든 인연이 풍경을 뎅그렁, 뎅그렁, 흔들고 가는 한 줄기 맑은 바람 같았으면.

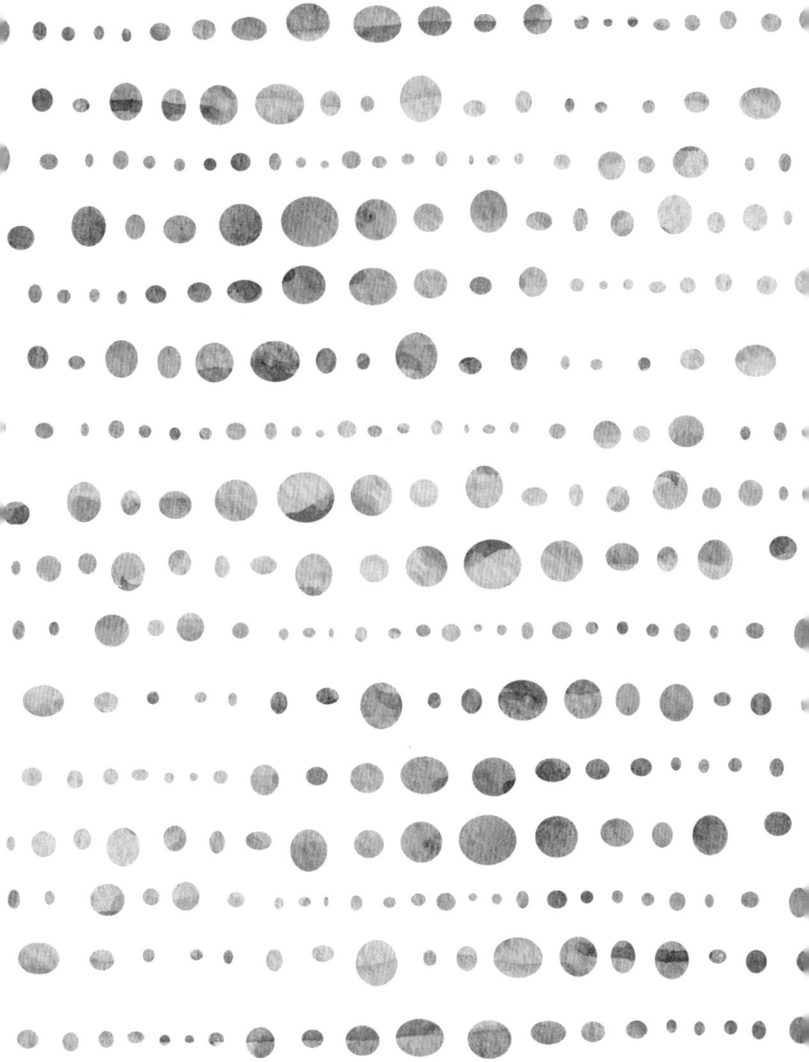

방문객

정현종

사람이 온다는 건
실은 어마어마한 일이다.
그는
그의 과거와
현재와
그리고
그의 미래와 함께 오기 때문이다.
한 사람의 일생이 오기 때문이다.
부서지기 쉬운
그래서 부서지기도 했을
마음이 오는 것이다—그 갈피를
아마 바람은 더듬어볼 수 있을
마음,
내 마음이 그런 바람을 흉내낸다면
필경 환대가 될 것이다.

누군가를 만나면서 우리는 매일매일을 살아간다. 관계를 맺고, 교환하고, 협력하면서 살아간다. 기대어 살아간다. 몸이 의자에 편하게 기대듯이. 베개에 달콤한 잠이 기대듯이. 난초가 햇살이 쏟아지는 남쪽 창가에 기대듯이. 관계를 통해 말을 트고, 표정을 읽고, 감정과 의견을 나눈다. 단 둘의 관계에서 혹은 다수와의 관계에서 친밀감과 안정을 얻는다. 내가 누군가에게 어떤 보탬의 조건과 원인이 되기도 한다. 물론 관계로부터 상처와 낙담과 이별을 받기도 한다. 정현종 시인의 표현처럼 관계를 맺고 사는 일은 "부서지기 쉬운 마음"이 서로 만나는 일이다. 언제라도 깨어져 여러 조각이 날 수 있다는 것을, 그리하여 흩어질 수 있다는 것을 이해한다면 우리는 관계의 유지를 위해 좀 더 애쓰게 될 것이다. 한 사람을 처음 만난다는 것은 그의 일생을 상견相見하는 경험이다. 이미 지나간 때의 일과 생활과 지혜뿐만 아니라 활발하게 움직이고 있는 지금 눈앞의 상황, 그리고 곧 꽃필 미래의 시간이 한 사람과 더불어 함께 오기 때문이다. 그러므로 누군가와의 첫 만남은 놀랍도록 엄청나고 굉장한 일이다. 모든 이와의 세연世緣을 산처럼 굳게, 바다처럼 깊게 여겨서 살아가야겠다.

창을 함께 닫다

장철문

달이 참 좋다,

그렇게 말하고 싶어서
창을 닫다가
엉거주춤 딸아이를 불렀다

이런 건 왜 꼭
누구한테 말하고 싶어지는 걸까?

아이가 알아차렸는지
엉거주춤 허리를 늘여 고개를 내밀었다

곱고 귀한 것은 아껴두었다 사랑하는 이에게 주고 싶다. 밤이 되어 창문을 닫다 외로이 홀로 밝은 달을 보았던 모양이다. 그 달빛 덕택에 온 세상은 메밀꽃이 흐드러지게 핀 듯 흰빛으로 온통 환했을 것이다. 순백의 달을 보자 딸아이에게 보여주고 싶어 딸아이를 창가로 부른다. 딸아이의 순수한 가슴에도 또 하나의 만월滿月이 떠올랐을 것이다.

밝고 원만해 시원하기까지 한 그 달은 세상의 어떤 보석보다 값지고 귀하다. 그러니 끝까지 깨끗한 그 달을 사랑하는 이에게 꼭 보여주고 싶은 것이다. 달 볼 때 제일 먼저 월출月出하듯 떠오르는 얼굴 있나 가만히 생각해보자.

산

박철

귀신도 모르게 사랑을,
이진명 시인이 그렇게 건배사를 하자
위하여! 하고 우리는 목소리를 높였다
주저앉으며 자발머리없게 내가 중얼거렸다
귀신만 모르고 다 아네

그래도 그런 사랑 한번 하고 싶다
정말 세상 다 아는 사랑
아는 사랑 더 채울 곳이 없는 세상
빙산의 일각이란 무슨 소용인가
태양빛에 반짝이며
나 그 큰 산
다 녹이고 가고 싶네

한 명이 술잔을 높이 들고 우뚝 서서 축하와 행운을 비는 말을 큰 목소리로 외친다. 귀신도 모르는 사랑을 하자고. 좌중이 추임새를 넣어 흥을 돋우면서 건배를 하는데 시인은 가볍고 또 참을성 없게도 그만 놀리듯 혼자 중얼대고 만다. 귀신도 모르는 아주 감쪽같은 사랑이 어디 있겠느냐고. 그러면서 시인은 정말이지 세상 사람들이 다 아는 그런 사랑을 하고 싶어진다. 대낮처럼 세상에 환하게 다 드러나는 사랑을, 명명백백한 사랑을 희망한다. 빙산의 일각처럼 대부분 숨겨져 있어 바깥으로는 극히 일부분만 눈에 띄는 그런 사랑이 아니라 빙산 그 자체인, 푸른빛이 도는 빙산 그 통째로의 사랑을 바란다. 그리고 이번 생에서 그 크고 큰 사랑의 빙산을 다 녹이고 갔으면 좋겠다고 호기롭게 말한다. 시인은 자신을 송두리째 사랑 앞에 떳떳하게 세운다. 귀신만 모르고 온 세상이 다 아는 사랑을 위하여!

바래길 첫사랑

고두현

깊고 푸른 바닷속
그리운 사람에게

편지 몰래 건네주고
막 돌아오는 길인가 봐

얼굴 저렇게
단감 빛인 걸 보면.

남해에 가서 바래길을 걸어본 적 있다. 어머니들이 물때에 맞춰 바닷가에 나가 고둥이나 파래, 미역을 캐오던 그 길을 남해 사람들은 바래길이라 불렀다고 한다. 생계를 위해 바닷가를 오가면서 어머니들은 낮 시간의 쪽빛 바다와 석양 때의 단감 빛 바다를 보셨을 것이다.

우리 마음의 내부도 깊고 푸른 바닷속이라고 시인은 말한다. 그 마음속에는 사랑하는 사람이 산다고 말한다. 사랑하는 사람에게 마음속을 잠깐이라도 보여줄 때에는 얼마나 두근거리고 일렁일까. 바다도 하루에 한 번씩은 설레어 단감 빛의 얼굴로 물든다고 말한다. 마음이 들떠 기쁜 때에는 사랑하고 있는 때이다.

나와 나타샤와 흰 당나귀

백석

가난한 내가
아름다운 나타샤를 사랑해서
오늘밤은 푹푹 눈이 내린다

나타샤를 사랑은 하고
눈은 푹푹 내리고
나는 혼자 쓸쓸히 앉아 소주를 마신다
소주를 마시며 생각한다
나타샤와 나는
눈이 푹푹 쌓이는 밤 흰 당나귀 타고
산골로 가자 출출이 우는 깊은 산골로 가 마가리에 살자

눈은 푹푹 내리고
나는 나타샤를 생각하고
나타샤가 아니 올 리 없다
언제 벌써 내 속에 고조곤히 와 이야기한다

산골로 가는 것은 세상한테 지는 것이 아니다
세상 같은 건 더러워 버리는 것이다

눈은 푹푹 내리고
아름다운 나타샤는 나를 사랑하고
어데서 흰 당나귀도 오늘밤이 좋아서 응앙응앙 울을 것이다

시인 백석은 이 시를 1938년에 발표했다. 이 시를 창작했던 당시에 백석은 함흥의 영생고등보통학교 영어 교사로 있었다. 백석의 연인 김자야를 만나 사랑에 빠졌던 때였다. 경성 청진동에 숨어 살던 자야를 만난 후 함흥으로 떠나가면서 이 시를 누런 미농지 봉투에 적어 자야에게 건넨 것으로 알려져 있다. 이 시의 첫 연은 “가난한 내가/ 아름다운 나타샤를 사랑해서/ 오늘밤은 푹푹 눈이 나린다”로 시작한다. ‘나’의 가난과 ‘나타샤’의 아름다움이 대비를 이루는 이 시구는 비록 사랑의 감정과 강설降雪 사이에 그럴듯한 인과관계가 성립하지는 않지만 연인들에겐 아름다운 문장으로 내내 남아 있다. 백석은 자야에게 만주로 가서 단둘이 살 것을 제안한 적이 있지만 자야는 받아들이지 않았다. 그러나 이 시에서는 만주와도 같은 곳으로, 둘만의 사랑의 살림이 차려지는 곳으로 ‘출출이(뱁새)’가 사는 ‘마가리(오막살이)’가 제시되어 있고, 자야가 백석의 제안에 ‘고조곤히(조용히)’ 동의하는 것으로 표현되어 있다. 이 ‘마가리’는 속진俗塵을 버린 곳이기도 하다.

사랑하는 까닭

한용운

내가 당신을 사랑하는 것은 까닭이 없는 것이 아닙니다
다른 사람들은 나의 홍안紅顏만을 사랑하지마는 당신은 나의 백발白髮도 사랑하는 까닭입니다

내가 당신을 기루어하는 것은 까닭이 없는 것이 아닙니다
다른 사람들은 나의 미소만을 사랑하지마는 당신은 나의 눈물도 사랑하는 까닭입니다

내가 당신을 기다리는 것은 까닭이 없는 것이 아닙니다
다른 사람들은 나의 건강健康만을 사랑하지마는 당신은 나의 죽음도 사랑하는 까닭입니다

한용운은 "기룬 것은 다 님이다"라고 썼다. '기루다'는 그리워한다는 뜻이다. 그러면서 중생이 석가釋迦의 님이요, 봄비가 장미꽃의 님이라고 했다. 이 시에서의 '당신'은 '님'과 같은 의미로서 당신은 내가 사랑할 뿐 아니라 나를 사랑한다. 당신은 나의 아름다움뿐만 아니라 추함까지를, 미소뿐만 아니라 눈물까지를 사랑한다. 당신에 대한 나의 사랑 또한 간절하다. 예를 들어, "자던 옷을 고쳐 입고 뜰에 나와 퍼지르고 앉어서" 바라본 달은 "차차차 당신의 얼굴이 되더니 넓은 이마, 둥근 코, 아름다운 수염이 역력히 보"이게 된다. "나는 곧 당신이어요"라고 말하고, 복종과 속박됨조차도 받아들이려는 지극하고 헌신적인 사랑은 대해大海와 같은 마음에서 비롯된다. 석가가 중생을 사랑하실 적에 무한한 친절과 연민을 내고, 그 자애의 넓음이 허공과 같듯이.

호수 1

정지용

얼굴 하나야
손바닥 둘로
폭 가리지만,

보고 싶은 마음
호수만하니
눈 감을 밖에.

사무치게 그리워하는 마음을 이처럼 넓이와 깊이를 통해 표현한 경우는 드물다. 그리워하는 마음을 호수에 빗대는 순간 그러한 마음의 부피는 헤아릴 수 없을 정도로 커지고 간절해진다. 작은 두 손으로 얼굴 전체를 감쌀 수는 있지만, 마음만은 무엇으로도 덮거나 가릴 수 없다. 그리하여 시인은 스스로 눈을 감는다. 눈을 감는 행위를 통해 그 보고 싶은 마음이 눈으로 볼 수 있는 것이 아니며, 또 계량할 수 있는 것이 아님을 말한다. 짧은 시이지만 이 시를 거듭해서 읽을수록 내부는 무한해진다.

"오리 모가지는/ 호수를 감는다.// 오리 모가지는/ 자꾸 간지러워"라고 쓴 〈호수 2〉를 함께 읽어도 좋다. 정지용의 시어는 섬세하고 선명하고 매우 감각적이다. 정지용의 고향 옥천에서는 매년 5월 시인을 기리는 지용제가 열린다.

그리움

이용악

눈이 오는가 북쪽엔
함박눈 쏟아져내리는가

험한 벼랑을 굽이굽이 돌아간
백무선 철길 우에
느릿느릿 밤새어 달리는
화물차의 검은 지붕에

연달린 산과 산 사이
너를 남기고 온
작은 마을에도 복된 눈 내리는가

잉크병 얼어드는 이러한 밤에
어쩌자고 잠을 깨어
그리운 곳 차마 그리운 곳

눈이 오는가 북쪽엔

함박눈 쏟아져내리는가

이용악 시인은 함북 경성이 고향이다. 그는 동향의 선배 시인이었던 김동환 시인이 북방을 노래한 이후 북방 유이민들의 비극적인 삶과 그곳의 처참한 현실을 줄곧 노래했다. 시인은 첫 시집《분수령》의 맨 앞에 실은 시 〈북쪽〉에서 "북쪽은 고향/ 그 북쪽은 女人이 팔려간 나라"라고 썼다.

산맥이 얼어붙는 날 함박눈은 쏟아지고, 벌판과 협곡에 눈보라가 휘몰아쳐가고, 시인은 두고 온 사랑을 생각한다. 두메산골에 두고 온 가난한 사랑을 애통해하며 떠올린다. 시인의 마음은 눈보라를 헤치고 "그리운 곳 차마 그리운 곳"으로 연거푸 내달린다. 객지의 찬 방에서 자다 깨어 이 시를 지었을 시인을 떠올린다. 슬픈 사람들끼리 주고받는 이 높은 그리움에 내 가슴이 얼 것 같다.

당신이 아니더면

한용운

당신이 아니더면 포시럽고 매끄럽던 얼골이 왜 주름살이 접혀요
당신이 기룹지만 않다면 언제까지라도 나는 늙지 아니할 테여요
맨 츰에 당신에게 안기던 그때대로 있을 테여요

그러나 늙고 병들고 죽기까지라도 당신 때문이라면 나는 싫지 안하여요
나에게 생명을 주든지 죽엄을 주든지 당신의 뜻대로만 하서요
나는 곧 당신이어요

이 시는 겉으로는 사랑의 괴로움을 죄다 드러내어 말하고 있지만 거듭해서 읽으면 사랑을 호소한다. 사랑의 행위로 인해서 보드랍고 반드럽던 얼굴에는 주름이 늘어간다. '당신'이 그립지 않다면 몸도 마음도 늙거나 쇠약해지지 않을 것이다. 그러나 '당신'을 향한 '나'의 사랑은 그치지 않는다. 심지어 '나'의 늙음과 발병發病과 죽음이 '당신'이 주관하는 것이라면 기꺼이 받아들이겠노라고 말한다.

만해萬海 한용운 시인이 시집《님의 침묵》원고를 설악산에서 탈고한 때는 1925년 8월 29일 밤이었다. 식민지 시대의 눈물과 이별을 미소와 만남으로 뒤바꾸는 시인의 사랑 노래는 유연하고 웅혼하다. 개인적 욕망과 망집에 사로잡힌 영혼에 시인의 가르침은 늘 사자후獅子吼다.

수색역

이병률

복잡한 곳일수록
들어갈 때 구조를 외우면서
나올 때를 염두에 둡니다
재채기를 할 때 얼른 양손이 나서는 것처럼

모든 순서가 되었습니다, 당신

기차역에서 멀지 않은 곳에 당신이 산다고 했습니다
그 역의 막차 시간 앞에서 서성거리다

추운 그 역 광장에
눈사람 만들어 놓고 왔습니다

사랑의 주소지를 찾아간 사람이 있다. 그의 마음은 내부 구조가 복잡한 역 같다. 고백할 사랑이 있지만 그의 내심에는 적지 않은 긴장과 두려움이 있다. 그래서 그는 사랑의 부근에서 주저주저한다. 애를 태우고 마음을 쓰다 그의 몸과 마음을 눈사람으로 만들어 역 광장에 세워놓고 돌아선다. 유예된 사랑이 추운 역 광장에 남아 서 있다.

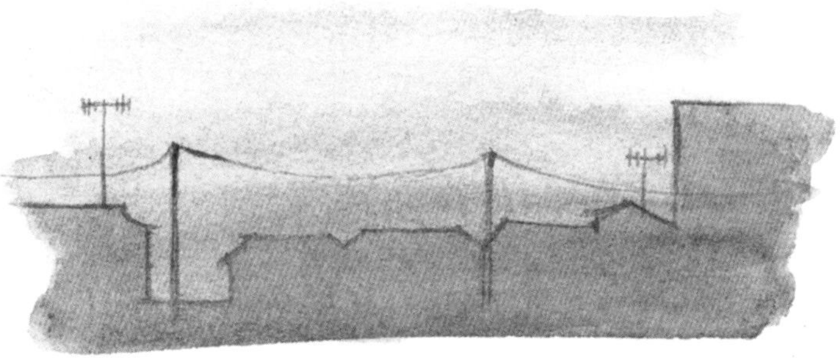

아직

유자효

너에게 내 사랑을 함빡 주지 못했으니
너는 아직 내 곁을 떠나서는 안 된다
세상에서 할 수 있는 유일한 일은
내 사랑을 너에게 함빡 주는 것이다
보라
새 한 마리, 꽃 한 송이도
그들의 사랑을 함빡 주고 가지 않느냐
이 세상의 모든 생명은
그들의 사랑이 소진됐을 때
재처럼 사그라져 사라지는 것이다
아직은 아니다
너는 내 사랑을 함빡 받지 못했으니

'함빡'이라는 말 참 좋다. 차고도 남도록 넉넉하다는 뜻이다. 물이 겉으로 까지 스며 나와 젖는다는 뜻이다. 넘쳐흐르도록 가득가득한 상태를 뜻하니, 정을 이처럼 준다는 것에는 성심으로 혼신을 다한다는 뜻이 있다. 시인은 사랑을 할 때에도 함빡 주어야 한다고 말한다. 뭔가 미진한 게 남아 있지 않도록 해야 한다는 것이다. 우리의 가슴에 저장되어 있는 사랑의 총량을 다 소진해야 한다는 것이다. 그 사랑의 불을 다 써서 없애기 전까지는 재처럼 사늘하게 사그라질 수도 없다는 것이다.

한 마리의 새, 한 송이의 꽃도 사랑을 함빡 주고 간다는데 우리는 과연 무슨 일에 밤낮 없이 땀을 쏟는 것일까. 새처럼 이 세상에 미성美聲을 보태지도 않고, 꽃처럼 이 세상에 미색美色을 보태지도 않고.

너에게

신동엽

나 돌아가는 날
너는 와서 살아라

두고 가진 못할
차마 소중한 사람

나 돌아가는 날
너는 와서 살아라

묵은 순 터
새순 돋듯

허구많은 자연 중
너는 이 근처 와 살아라.

가고 오는 일에 만남과 이별이 없을 수 없다. 별리別離의 때에 시인은 사랑하는 이의 마음이 살 곳을 미리 마련해놓는다. 그곳은 한때 순筍이 생겨나던 곳이다. 이제는 묵은 곳이 되고 말았지만. 시인은 사랑하는 이가 "묵은 순 터"에 오는 즉시 새순이 기다렸다는 듯이 당장에라도 돋을 것이라고 말한다. 많고 많은 곳 가운데서도 그곳에 와 살라고 당부한다. 그곳은 싹과 움과 순이 트는 곳이므로 새 생명의 발생지다. 다시 살아남과 광명과 부드러움과 푸릇푸릇한 생기와 역동과 환희의 발생지다.

"묵은 순 터/ 새순 돋듯" 살아야겠다. 신성한 탄생을 생각하며 살아야겠다. 날마다 좋은 날이 될 것이다.

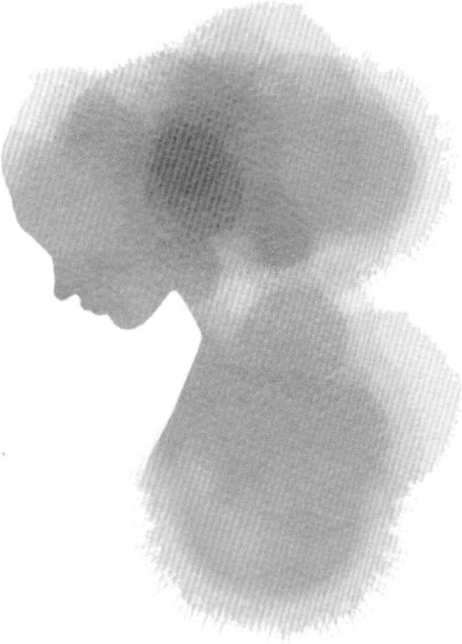

제왕나비 - 아내에게

최동호

파도 위로 호랑무늬 깃을 펼치며
대지를 움켜쥔
나비가 날고 있다
대양 너머 저 멀고 먼 산언덕에서
작은 들꽃 무리들이
피었다
지면서
비바람 헤치고 찾아올 나비를 기다리고
구름 뒤의 달은
나뭇잎에 매달려 쪽잠 자며
고치에서 부활하는 영혼을 지켜보고 있다

제왕나비는 캐나다 남부, 미국 대륙, 중앙아메리카에 주로 사는 왕나비류의 하나로 꽃가루 매개종이다. 아메리카의 제왕나비는 매년 날씨가 추워지는 계절에 캐나다를 출발해 장장 5천 킬로미터를 날아가서 멕시코의 고산지대에서 겨울을 난다. 숲의 나무에는 수천만 마리의 나비들이 날아와 열매처럼 매달리는데, 이 시기를 사람들은 망자亡子를 기리는 기간으로 여긴다. 죽은 사람들의 영혼이 나비와 함께 찾아온다고 믿는 것이다. 저편으로부터 이쪽으로 멀고먼 거리를 날아오는, 막막하게 넓고 깊은 바다를 건너 날아오는 놀랍고 신기한 이 일은 관계의 이끌림과 맺음, 그리고 모든 생명 존재들 사이의 숭고한 인연에 대해서도 생각하게 한다. 난관과 장애를 넘어서서 이어지는, 영속적인 인연을 생각하게 한다. 뿐만 아니라, 망자의 영혼인 듯 나비가 날아와, 신생의 알을 낳고 스스로는 죽음을 맞는 이 일은 강물처럼 도도滔滔하게 흐르는 우주의 시간을 생각하게 한다.

미안하다

정호승

길이 끝나는 곳에 산이 있었다
산이 끝나는 곳에 길이 있었다
다시 길이 끝나는 곳에 산이 있었다
산이 끝나는 곳에 네가 있었다
무릎과 무릎 사이에 얼굴을 묻고 울고 있었다
미안하다
너를 사랑해서 미안하다

사랑에게 가려면 첩첩疊疊 연봉連峰을 넘어야 한다. 먼 길을 가야 한다. 단 한 사람에게 가는 사랑의 여정은 만만하지 않다. 게다가 아무리 바삐 가더라도 애타게 기다리는 사람에게는 매번 늦은 때가 된다.

산이 우뚝 솟아 있고, 산봉우리를 넘자 또 아득한 길이 있다. 시인은 형극의 여로旅路를 외롭게 가고 있다. 여러 겹 겹치고 겹쳐 있는 산과 가도가도 끝이 없는 길을 지나 시인은 너에게로 가고 있다. 마침내 시인은 너에게 다다르지만 너는 눈시울이 젖고, 울고 있다. 너무 늦게 이른 것이다. 시인은 "사랑해서 미안하다"고 울먹이며 말한다. 이 가슴 뭉클한 말은 너의 곁에서 내내 사랑을 지키겠다는 의지의 표현이다.

슬픔이 많은 세상이다. 그러나 당신만 울고 있는 것은 아니다. 나는 너를 한시도 잊은 적이 없다. 아무도 슬프지 않도록 이제 우리 헤어지지 말자. 사랑을 완성하자.

3부

오해로 올 수 있는 사람은 없으리

살았능가 살았능가

최승자

살았능가 살았능가
벽을 두드리는 소리
대답하라는 소리
살았능가 죽었능가
죽지도 않고 살아 있지도 않고
벽을 두드리는 소리만
대답하라는 소리만
살았능가 살았능가

삶은 무지근한 잠
오늘도 하늘의 시계는
흘러가지 않고 있네

생겨난 모든 소리는 생생하다. 바깥에서 오는 소리이든 내면에서 울려오는 소리이든. 두드리는 소리는 깨우는 소리이다. 질문하는 소리요, 응답하라는 요구이다. 살아 있다는 것을 증명하라는, 삶의 생기와 의욕과 진전을 증거를 들어 밝히라는 요구이다. 그러나 우리는 무엇에 눌린 듯 무거운 잠 속에서 살고 있지는 않은가. 무기력하게, 꺾인 갈대처럼 살고 있지는 않은가. 벽이 된 나의 몸과 마음을 두드리자. 그래서 얼음을 깨듯 나를 깨트리자. 눈보라 가듯 움직여가자. 삶이 무지근한 잠이라고 하더라도 사랑이 그 속에 생화生花처럼 놓여 있다면 말은 달라진다. 알프레드 드 뮈세는 "삶은 잠, 사랑은 그 꿈"이라고 노래했으니 말이다.

정처없는 건들거림이여

허수경

저 풀들이 저 나무잎들이 건들거린다
더불어 바람도
바람도 건들거리며 정처없이
또 어디론가를……

넌 이미 봄을 살았더냐
다 받아내며 아픈 저 정처없는 건들거림

난 이미 불량해서 휘파람 휘익
까딱거리며 내 접면인 세계도 이미 불량해서 휘이익

미간을 오므려 가늘게 저 해는 가늘고
비춰내는 것들도 이미 둥글게 가늘어져

둥글게 휜 길에서 불량하게
아픈 저 정처없는 건들거림

더불어 바람도

또 어디론가를……

파릇한 풀들과 새잎이 가볍게 천천히 흔들린다. 땅 위에 공중에 떠서 이리저리 움직인다. 바람도 살랑살랑 더불어 부드럽게 불어오고 불어간다. 또 어딘가를 떠돌며 가려 한다. 그렇게 우리에게 와서 가는 봄처럼 시인은 까딱거리며, 휘파람을 날리며, 건들거리며 봄을 산다고 말한다. 이 세계와 접면을 이뤄 아픈 시인은.
좀 가볍게 봄바람 가듯이, 나른하게 졸음 오듯이, 낮잠 속 꿈 들듯이 살아도 좋겠다. 이제 더는 아프지 말고 여린 생명들의 기쁨과 그 기쁨의 환호를 모두 다 소상하게 보시고 들으시길.

얼굴 2

김명인

잠에서 깨어나 하루 치의 인상과 마주할 때
반반한 거울 너머 주름투성이 저 얼굴은
어디서 이목구비를 꾸어왔을까?
오래 돌아서 온 길이라며 수심 가득 찬
표정을 풀어 새날의 기분을 구겨놓는다

얼굴은, 왜 화가 나느냐며
상전벽해도 시시로는 안 바뀐다며 어른 위에
어린아이를 덮어씌우지만
턱수염까지 쉬어선 믿을 수 없다
증명하면서 항변하면서 그물처럼 촘촘해지지만
걸려드는 건 속이 터진 심술뿐,

누군가의 저녁을 닫으려고 혼잣말로 얼굴은
중얼거린다, 한 사람이 드나드는 통로인데
왜 이리 요철이 많담, 타일이라면

이어 붙여도 똑같을 텐데!

아침에 거울 속에서 자신의 수심 가득한 얼굴을 만난 사람이 있다. 거울은 울퉁불퉁한 데 없이 반듯하지만, 거울 속 한 사람의 얼굴 인상은 주름투성이에 근심이 가득하다. 그런 표정이 새날 아침의 싱그러운 분위기와 잘 어울릴 리 없다.

화를 품은 얼굴을 만날 때가 있다. 또 괜히 심술이 난 얼굴을 마주할 때도 있다. 그런 얼굴은 구김살이 많고 고르지가 않다. 마치 오목하고 볼록한 요철 같다. 얼굴은 한 사람이 드나드는 통로! 얼굴에는 감정이나 기분이 씌어 있다. 화장을 화사하게 다시 하듯이 얼굴의 표정을 곱게 바꿀 일이다. 웃는 얼굴과 부드러운 말로 새날의 아침을 만날 일이다.

노숙

박정남

몸보다도 훨씬 가벼운

문짝 하나 없는
껍질뿐인 집을 이고

흡사
팽이가 팽팽 돌다가 쓰러져
오래 잠드는 것처럼

오늘밤도 느릿느릿 달팽이는 기어서
어느 꽃그늘 아래 잠드는가

이불과 몇 가지의 옷을 들고 다니는 노숙인을 본 적 많다. 큰 다리 아래서, 소공원 벤치에서, 지하도에서. 그들의 깡마르고 검은 얼굴에 흐르는 불안을 본 적 많다.

이 시는 한뎃잠을 자는 사람을 달팽이에 비유했다. 가옥家屋을 머리 위에 보따리처럼 이고 다니고 있다. 열고 들어설 문짝도 없는 빈 껍데기의 집이다. 팽이가 아찔하게 돌다 쓰러지듯이 혼곤한 잠 속으로 빠져든다. 꽃그늘이 드리워진 곳에서.

이 생기 없는 노숙자의 초상肖像은 우리의 자화상일지도 모른다. 우리도 정처 없이 유랑하고, 가파른 생의 비탈에서 두글두글 굴러내린다. 우리의 영혼은 사랑과 이해라는 집채의 바깥에서 너무나 빈번하게 노숙한다.

잘 익은 시

심재휘

밭에서 돌아와 아궁이 앞에 앉은 외할머니가 무명 치마에 묻은 호미와 괭이질의 무늬를 불에 털어 넣어 한 끼 저녁을 차렸지 꺾어온 보릿대를 아궁이 불에 적당히 태워 검댕이 묻은 손으로 껍질 벗긴 보리알을 건네주셨지

옛날처럼
여름을 세웠던 입하立夏의 양식처럼
불에 그을린 말들을 비벼 말껍질을 벗겨버린다면

시는 어쩔라나

배고픈 날
잘 익어 푸르스름한 보리알은
오래 씹을수록 달았었는데

껍질을 벗기지 않은 곡식의 알을 약한 불 위에 잠깐 얹어 익힌 후에 손으로 비벼대고, 또 후우 하고 불면 푸르스름한 알곡이 나왔는데, 출출할 때 그걸 먹는 맛과 재미가 쏠쏠했다. 이따금 드물게 콩을 구울 때에는 타닥타닥 콩이 튀는 소리가 불속에서 나기도 했다. 시인이라면 "잘 익어 푸르스름한 보리알" 같은 시를 쓰고 싶을 것이다. 잘 익고, 맛이 그윽하게 감미로운 시를 쓰고 싶을 것이다. 실속이 없는 빈말이나 꾸민 말, 화려한 말로 쓴 시가 아니라 씹으면 씹을수록 달차근한 맛이 찬찬히 우러나는 그런 시를 쓰고 싶을 것이다. 우리가 세상을 살면서 만나고 싶은 맛도 그런 것일 테다. 조금은 심심한 듯해도 은근히 입맛을 조금씩 당겨놓는 그런 것일 테다. 이런 맛을 알려면, 이런 맛이 진실로 깊은 맛이라는 것을 알려면 많은 세월이 유수처럼 흘러야 한다.

걸식이 어때서?

김선우

세상에 걸식 아닌 밥이 어디 있니?
본래 자기 것이 없는데
서로 걸식하는 거지

형편 되는 대로 빌어먹고 빌어 먹이고
오늘 내 무릎에 네가 기대고
언젠가 올 오늘엔 네 무릎에 내가 기대고

내 것을 준다는 의식 없이
그저 우린 서로를 빌려주며
먹고 먹이는 거지

걸식하고 남긴 시간에 무얼 하냐고?
열렬히 노동해야지
영혼을 다듬는 거야

우리의 삶 자체가 걸식이라고 시인은 말한다. 살아 있는 모든 존재는 서로 빌어먹고 빌어 먹이는 관계에 있다고 말한다. 때때로 남한테서 얻어 받고, 때때로 내 것을 덜어 내준다고 말한다. 실로 우리는 서로 응한다. 우리는 하나의 밥상 앞에 둘러앉아 있다. 우리는 서로를 해치지 않고 보호해야 한다. 우리는 서로에게 환한 등불, 움직이는 별, 멀리 가는 날개, 부드러운 토양, 큰 뿌리, 고요한 연못, 우주이기 때문이다.

걸식의 시간 이후에는 영혼을 다듬는 노동을 하자고 시인은 권한다. 영혼의 근육을 키우는 노동을 하자고 권한다. 이러한 노동에 의해 우리의 가슴 속에는 생기와 기쁨, 이해와 사랑이 샘솟을 것이다.

와락

정끝별

반 평도 채 못되는 네 살갗
차라리 빨려들고만 싶던
막막한 나락

영혼에 푸른 불꽃을 불어넣던
불후의 입술
천번을 내리치던 이 생의 벼락

헐거워지는 너의 팔 안에서
너로 가득 찬 나는 텅 빈,

허공을 키질하는
바야흐로 바람 한자락

'와락'이라는 낱말에는 갑자기 솟구치는 힘이 들어 있다. 껴안거나, 달려들거나, 울음을 터뜨릴 때 이 낱말은 그 행위에 강세를 보탠다. 살다보면 '와락'하는 순간을 자주 겪는다. 가령 사랑의 감정은 "영혼에 푸른 불꽃을 불어넣"으며 어느 순간 황홀하게 폭발한다. 그때 나는 "너로 가득 찬" 시간을 살게 된다.

그러나 형편은 바뀌는 것이어서 온 것은 가게 마련이다. 마치 밀물과 썰물의 때가 교차하는 것처럼. 만남 뒤에는 이별이 온다. 가득 차 있던 것은 끝내 텅 빈다. 물론 슬픔과 실연도 끝이 있다. 슬픔과 실연 후에는 환희와 사랑이 올 것이다. 눈물이 지나가면 미소가 올 것이다. 영원히 지속되는 정념은 없다. 그러고 보면 우리는 때마다 '와락'의 순간을 사는 셈이다. 바람도, 연인도, 눈물도 왔다 간다. 새봄의 꽃이 오늘엔 피고, 후일엔 지듯이.

와사등

김광균

차단—한 등불이 하나 비인 하늘에 걸려 있다
내 호올로 어델 가라는 슬픈 신호냐

긴— 여름해 황망히 나래를 접고
늘어선 고층高層 창백한 묘석墓石같이 황혼에 젖어
찬란한 야경 무성한 잡초인 양 헝클어진 채
사념思念 벙어리 되어 입을 다물다

피부의 바깥에 스미는 어둠
낯설은 거리의 아우성 소리
까닭도 없이 눈물겹고나

공허한 군중의 행렬에 섞이어
내 어디서 그리 무거운 비애를 지니고 왔기에
길—게 늘인 그림자 이다지 어두워

내 어디로 어떻게 가라는 슬픈 신호信號기

차단—한 등불이 하나 비인 하늘에 걸리어 있다

김광균 시인은 1930년대 우리의 시에 회화적 요소를 도입해서 소리조차도 모양으로 바꾸어 표현했다. 도시적인 감각을 세련되게 표현한 것도 김광균 시의 특징이었다.
와사등은 가스등을 일컫는다. 해가 떨어지고 거리에는 어둠이 찾아왔다. 한등寒燈이 켜졌으나 고단함과 슬픔과 서러움의 그림자만 길게 늘어져 있다. 시인은 식민지 시대를 살았던, 갈 곳을 알지 못하는, 고독하고 방황하는 인간의 비애를 그렸다. 시인에게 당시의 도시 공간은 공지空地에 다름 아니었다. 상실의 공간에 다름 아니었다. 그래서 시인은 도심의 건물을 묘석墓石에 빗대었고, "폐가廢家와 같은 밤차에 고단한 육신을 싣고"라는 시구를 통해 도시를 오가는 밤차의 공간을 아무도 살지 않는 버려진 집으로 인식했고, 또 활기 없는 도시의 거리를 "창백히 여윈 석고의 거리"로 바라보았다.

집으로 가는 길 2

최하림

나 물 속처럼 깊이 흘러 어두운 산 밑에 이르면
마을의 밤들 어느새 다가와 등불을 켠다
그러면 나 옛날의 집으로 가 잡초를 뽑고
마당을 손질하고 어지러이 널린 농구들을
정리한 다음 등피를 닦아 마루에 건다
날파리들이 날아들고 먼 나무들이 서성거리고
기억의 풍경이 딱따구리처럼 소리를 내며
달려든다 나는 공포에 떨면서 밤을 맞는다
과거와 현재 사이로 철철철 밤이 흘러간다
뒤꼍 우물에서도 물 차오르는 소리 밤내
들린다 나는 눈 꼭 감고
다음날 걸어갈 길들을 생각한다

일상의 술렁거림과 소란이 잦아든 시간을 맞이해본 적이 언제였던가. 영혼의 눈이 밝지 못해 고요함과 맑음을 얻지 못했다. 이 시를 읽으면서 빛과 소리에 대한 감각을 회복한다. 푸르고 찬 우물물이 차오르듯이. 그리고 수면처럼 가만히 눈을 감고 시간이 지금 희미하게 지나가고 있음을 느낀다.

작은 기척들을 알아차리기는 쉽지 않다. 그래서 나는 최하림 시인이 "사과밭에서는 사과 떨어지는 소리 후두둑 후두둑 들리고"라고 쓴 시구를 읽을 때마다 놀라게 된다. 물 흐르는 것처럼 풍경도 움직인다. 기울고 흔들리고 뒤척이고 밀리며 발걸음을 옮긴다. "어디로 가는가? 어디로?"라고 스스로에게 물으면서. 최하림 시인은 풍경의 흘러감을 예민하게 감각한 시인이었다. 그는 시간이 "홑이불처럼 날리면서 가고 있었고"라고 썼다. 실로 모든 풍경은 생생하다.

나이 든 고막

마종기

싱싱하고 팽팽한 장구나 북같이
소리가 오면 힘차게 나를 불러주던 고막이
이제는 곳곳에 늙은 주름살만 늘어
느슨하게 풀어진 채 소리를 잘 잡지 못한다.
나이 들어 윤기도 힘도 빠진 한 겹 살,
주위에서는 귀 검사를 해보라고 하지만
그런 것 안 해도 알지, 내가 의사 아닌가.
그보다는 늙은 고막이 오히려 고마운걸.
시끄러운 소리 일일이 듣지 않아도 되고
잔소리에 응답을 안 해도 되는 딴청,
언제부턴가 깊고 은은한 소리만 즐겨 듣는다.
멀리서 오는 깨끗한 울림만 골라서 간직한다.
내 끝이 잘 보이는 오늘 같은 날에는
언젠가 들어본 저 사려 깊은 음성이
유난히 크게 울리는 사랑스런 내 귀.

나이가 들면서 귀가 조금씩 멀어지는 것을 피할 수는 없다. 몸에 주름은 늘고 탄력은 떨어지기 마련이다. 감각 능력의 무너짐은 산기슭에 흘러내리는 흙의 형편과 다를 바 없다. 직업이 의사인 시인도 점점 듣는 기능이 떨어져 고민이 많다.

그러나 늙은 고막을 갖게 된 것이 다행다복 아니냐고 말한다. 말씨가 우악스러운 것을 소상히 듣지 않아도 되고, 또 게으르게 넌지시 딴청을 피울 수도 있게 되었으니 얼마나 좋으냐는 것이다. 조용조용하게 빛나면서 물결쳐 오는 부드러운 소리만을 선택해서 듣게 되었다고도 말한다. 말끔하고 고운 음색만을 듣게 되었다고도 말한다. 완전하고 촘촘한 것보다 미진하고 엉성한 것이 나을 때가 얼마든지 있는 것이다.

오해

허충순

발목까지 물이 차는 해변을 걷는다

이제
오해로 올 수 있는 사람은 없으리라

이제
오해로 갈 수 있는 사람도 없으리라

나이 칠십은
오고가는 사람이 보이고

잔정 주듯이
발목까지 물이 차는 해변을 걷는다

흰 모래사장이 펀펀하고 넓게 펼쳐지고 해안선이 활처럼 둥글게 휜 해변을 시인은 걸어갔을 것이다. 파도는 어떤 질문처럼 끊임없이 밀려오고 밀려갔을 것이다. 그 바닷가를 걸으며, 발목까지 수위가 내려간 바닷가를 걸으며 시인은 세찬 해풍과 험한 물결처럼 그동안 마음속에 일었던 오해에 대해 생각한다. 그리고 연만한 지금 그 오해의 파고가 잔잔해져 한층 너그러워지게 된 것을 느낀다. 아득하고 망망한 해역을 바라볼 때에는, 또 붉은 등대가 서 있는 해역을 바라볼 때에는 우리의 마음이라는 바다에 대해서도 생각해볼 일이다. 무엇이 해상의 파랑들을 막아주는 방파제 역할을 하는지도 스스로에게 물어볼 일이다. 마음의 이쪽 끝에서부터 저쪽 끝으로 한 줄의 잠잠한 수평선도 길게 그어볼 일이다.

열이 오르다

이대흠

개나리꽃이 병아리 부리 같다는 것은
새삼스런 생각이 아니다
보이는 꽃마다 새 부리가 박혔다

참새 부리 같은 별꽃 딱따구리 부리 같은
산자고 오리 부리 같은 목련

꽃의 부리는 한사코 제 몸을 향해 있다

뒤란에 매화향 가득하다

참 많이 앓았겠다

꽃이 새의 주둥이 같다고 시인은 말한다. 꽃을 부리 같다고 한 까닭은 망울만 맺히고 아직 피지 아니한 꽃의 모양을 그리 본 것일 테다. 혹은 길고 뾰족하거나 둥실한 꽃 낱낱의 잎 생김이 그러하다고 본 것이겠다. 꽃을 부리에 비유하니 화려함보다는 궁한 기색이 짙어진다.

아, 저 잎이 피어나려면 우주적 사건이 있었을 것이라는 짐작도 갖게 된다. 더구나 꽃의 부리는 제 몸 쪽을 향해 있다고 하니 더욱 그렇다. 자신의 몸을 쳐서 찍어 피었다니, 그리하여 신열身熱에 밤낮이 따로 없이 시달렸다니 더욱 안쓰럽다. 꽃의 생성의 동력을 생명 내부의 떨림과 뜨거움과 균열이라고 시인은 말하는 것이니, 봄에는 한 송이의 꽃이 아프면서 아름답다.

여름의 끝

장석남

여름의 끝으로 물소리가 수척해진다
초록은 나날이 제 돌계단을 내려간다
나리꽃과 다알리아를 어깨에 꽂고 다녀간
구름도 이제 어느 집 내전內殿의 자개장에서나 보리라

노예와도 같이
땀을 쏟아가며, 진땀을 닦아가며
타고난 손금을 파내던 일을 이젠 좀 쉬리라, 여울목
여울물 소리가 수척해진다

여름 숲의 몸이 여위고 파리해지고 있다. 머잖아 초록은 흩어질 것이다. 초록은 묽어질 것이다. 초록은 시방十方으로 달아날 채비를 미리 하고 있다. 녹음 속에서 우는 참매미의 소리는 그 음音이 한 옥타브 낮아졌고, 허공의 천을 성글게 짜고 있다. 필시 돌층계를 내려가 어딘가로 아주 가고 없을 것이다. 누군가 자연이라는 형광의 밝기를 낮추고 있다는 느낌이다.

선듯하게 바람이 부니 이제 일손을 잠시 놓아도 좋겠다. 호미를 씻어도 좋겠다. 숨 돌릴 사이도 없이 "땀을 쏟아가며" 노예로 부려지던 일에서 벗어나도 좋겠다. 그대는 저녁이 되어 누운 소처럼 좀 쉬어라. 그러나 밤의 창문에는 가을 풀벌레 소리가 애연哀然하니 그대는 그 적적한 경문經文을 달빛 아래에서 한번 읽어보라.

종소리

신달자

외로움이 내게 다가와
잘 들리지 않는 목소리로 은은하게 조금은 무뚝뚝하게
외롭다고 한마디 하네

외로움이 죽음에게

내가 프랑스 루르드 성당에서 사 온
종을 살짝 쳐 주었는데
그게 그렇게 깊은 물소리가 나는 거야

다시 오면 이스라엘 성당 종을
그 다음엔 연둣빛 새잎 하나를 손에 쥐어 주었는데

그 담엔 내게 오지 않았어

그 소리를 다 들으려면

세 번의 생은 다 가야 할 테니……

누구나 외로울 때가 있다. 외로워 흐릿해지고 무력해지고 미약해질 때가 있다. 시인은 그러할 때 종소리를 들려주었다고 한다. 그랬더니 쇠로 만든 종에서 희한하게도 흐르는 물의 소리가 나더라는 것이다. 맑은 생명의 소리가 나더라는 것이다. 시인은 가까이 다가온 외로움에게 새 생명의 연둣빛을 건네주기도 했다고 한다.

종소리는 언제 들어도 신성하다. 영혼을 높고 거룩한 영토에 머물게 한다. 어둠으로부터 몸을 빼쳐 달아나온 새 생명의 움직임도 숭고하고 경이롭기는 마찬가지다. 종소리의 파동과 새잎의 움틈은 생 전체를 앓아야 얻을 수 있는 것이다. 이들은 모두 고통에 대해 선각先覺한 것이 있다 하겠다.

얼마나 좋은가

정현종

날이 풀려 얇은 장갑을 끼니
얼마나 좋은가.
(혹한에 두꺼운 장갑을 끼는 것도 좋았었는데)
날이 풀려 빙판이 녹으니
얼마나 좋은가.
가벼운 운동화를 신는 것도
좋을시고.
(빙판길에 좋은, 신발을 신는 것도 좋았었거늘)

이런 느낌이 찰랑대는
거기가 시중時中 아닌가.
그렇다면
말들을 안 해 그렇지
시성時聖 천지이려니.

살다보면 일이 마음먹은 대로 잘되어가는 때가 있고 일이 순조롭지 않아 매우 어렵게 되는 때가 있다. 혹한의 때가 있고, 새봄의 때가 있다. 때를 만나면 때마다 우리의 마음은 넘칠 듯 흔들리는 잔물결이 되어 찰랑거린다.

이 시에서 시인은 어느 때가 되더라도 늘 보드랍고 가볍게 움직이는 마음을 쓴다. 얇은 장갑을 낄 때에도 좋고 두꺼운 장갑을 낄 때에도 좋다고 말한다. 얼음판을 만나는 때도 좋고 얼음이 녹아 풀리는 때도 좋다고 말한다. 당시의 사정이나 요구에 알맞게 맞출 뿐이니 시중時中에 적절함이요, 시의時宜에 적절함이 있을 뿐이다. 마치 부신符信이 꼭 들어맞듯이. 때에 맞춰 사는 이의 마음은 넓고 아량이 있다. 이렇게 사는 이는 어떤 일이 있는 바로 그날, 당일當日을 호일好日로 여겨 사는 사람이니 마음에는 큰 기쁨과 흥이 가득할 것이다.

4부

나의 길은
언제나
새로운 길

떨어져도 튀는 공처럼

정현종

그래 살아봐야지
너도 나도 공이 되어
떨어져도 튀는 공이 되어

살아봐야지
쓰러지는 법이 없는 둥근
공처럼, 탄력의 나라의
왕자처럼

가볍게 떠올라야지
곧 움직일 준비 되어 있는 꼴
둥근 공이 되어

옳지 최선의 꼴
지금의 네 모습처럼
떨어져도 튀어 오르는 공

쓰러지는 법이 없는 공이 되어.

떨어진 공은 바닥을 탕, 탕 치며 다시 튀어오른다. 용수철처럼 튀어 가볍게 떠오른다. 빠르게 그리고 힘이 넘치면서. 둥근 공은 쓰러져 몸져눕지 않는다. 늘 금방이라도 활동하겠다는 태세다. 어떠한 삶의 파도에도 뜻을 굽히지 않겠다는 자세다. 생명의 불을 꺼뜨리는 일이 없다. 살아보겠다는 의지의 동력을 잃지 않는다. 둥근 공의 빛나는, 충만한, 싱싱하고 힘찬 기운을 상찬하면서 시인은 공을 "탄력의 나라의/ 왕자"라고 멋지게 명명한다. 우리의 마음도 이 "탄력의 나라"에 살았으면 한다.

우리는 새봄의 계절에 다시 피어난 산수유나무 노란 꽃들을 보면서 강한 탄력을 느낀다. 봄은 살아 숨쉬고, 얼굴에 몸에 의지에 활기가 돌고, 탄력이 좋다. 쇠하거나 새들새들해지는 법이 없다. 활발하게 움직이고 있는 봄을 보았으면 한다.

소망

김광섭

비가 멎기를 기다려
바람이 자기를 기다려
해를 보는 거예요

푸른 하늘이 얼마나 넓은가는
시로써 재며 사는 거예요

밤에 뜨는 별은
바다 깊이를 아는 가슴으로 헤는 거예요

젊어서 크던 희망이 줄어서
착실하게 작은 소망이 되는 것이
고이 늙는 법이에요

누구나 소망을 품는다. 시인은 이 시에서 작은 바람을 몇 개 썼다. 비가 멎고 바람이 잦아들어 해를 다시 보게 되는 것을 소망의 첫 목록에 올렸다. 푸른 하늘의 무한한 너비는 맘껏 상상하는 시의 언어를 빌려 계측하고, 밤에 높게 뜬 별은 해저海底를 이해하는 이의 마음으로 헤아렸으면 좋겠다고 한다. 나이가 들면 소망의 개수와 크기 또한 줄어들어 찬찬하고 실하고 작은 소망이나 하나 가졌으면 좋겠다고 한다. 소망의 내용이 허튼 데가 없었으면 좋겠다는 것이다.

김광섭 시인은 시 〈마음〉에서 "나의 마음은 고요한 물결"이라고 노래했다. 마음의 안정과 마음의 평화를 보존하려면 헛된 욕심을 버려야 하지 않을까. 허욕은 끝내 모래처럼 흩어질 것이므로.

아픈 새를 위하여

고영

속삭임이라도 꺼내봐
미소라도 날려봐

조금은 가벼워도 괜찮아
순결하지 않아도 괜찮아
노래가 아니어도 괜찮아

아픈 것이 부끄러움은 아니니
깃털 속에 뛰고 있는 심장 박동을 믿어봐

너 없는 공중은
투명한 폐허일 뿐이야

여긴 병원이 아니라
나는 너를 치료할 수 없지만

입을 맞춰줄게
부력을 채워줄게

너의 근력을 믿어봐
너의 의지를 믿어봐

아픈 새가 있다. 예전엔 공중을 투명하고 비옥한 영토로 만들던 새였다. 시인은 아픈 새에게 공중의 높이와 공중의 쾌청함을 돌려주고자 한다. 새가 없다면 공중은 황무지에 불과하기에. 새가 곧 하늘의 중심이요, 새가 곧 높고 맑은 하늘이기에. 시인은 새의 비상과 새의 자유를 위하여 심장의 박동과 근력과 의지를 스스로 신뢰하라고 말한다. 지금의 상황이 흡족하지 않고 모자람이 있고 순탄하지 않겠지만 그렇더라도 다시 한번 더 하늘을 향해 떠오르자고 격려한다. 마음도 기운도 꺾이지 말라고 세상의 모든 아픈 사람들에게 말한다. 무엇보다 우리에겐 내일의 벽공碧空이 기다리고 있기에.

세수

곽재구

두 손을 모아 강물을 받아요
그 물로 얼굴을 비벼요
물고기 냄새와 달빛 냄새가 나네요
아침 해가 강물에게 들려준 얘기를 느낄 수 있어요

손에서 얼굴 냄새가 나요
평생 화장수 한번 바르지 않았죠
슬픈 날은 얼굴에서 별 냄새가 나요
반짝반짝 흘러내리는 별
내 몸 어딘가 이리 많은 별이 있었다니 신비해요
별이 있어 세월 내내 행복했지요
별이 있어 해와 달도 외롭지 않았지요

슬플 때면 강으로 가요
쭈그리고 앉아 강물로 얼굴을 비벼요
얼굴이 환해지니 그리운 당신에게 갈 수 있어요

깨끗한 강물을 두 손으로 떠서 세수를 했으면 좋겠다. 물고기들의 집인 강물을 떠서. 초승달과 만월의 빛이 밤새 하얗게 내린 강물을 떠서.
그렇게 강물로 얼굴을 감쌌으면 한다. 슬픈 날엔 얼굴에서 별 냄새가 난다는 의미는 무엇일까. 외롭고 쓸쓸하고 어두운 시간과 장소에 별이 살고 있기 때문일 테다. 그럼에도 별은 스스로 빛을 모아 빛나면서 슬픔을 견뎌내기 때문일 테다.
시인은 다른 시편에서도 강에 대해 노래했다. 〈물고기와 나〉에서는 "물고기는 몸이 예쁘다/ 하루종일 물속에서 춤을 춘다"라고 썼고, 〈강물〉에서는 "물을 보면 좋아요/ 종일 노래 불러요"라고 썼다. 강물에서 춤과 노래를 발견했다. 우리의 일상을 강물처럼 두 손으로 떠서 세수를 한다면 우리의 삶은 보다 다채로운 느낌들로 가득해질 것이다.

먼저 가는 것들은 없다

송경동

몇번이나 세월에게 속아보니
요령이 생긴다 내가 너무
오래 산 계절이라 생각될 때
그때가 가장 여린 초록
바늘귀만 한 출구도 안 보인다고
포기하고 싶을 때, 매번 등 뒤에
다른 광야의 세계가 다가와 있었다

두번 다시는 속지 말자
그만 생을 꺾어버리고 싶을 때
그때가 가장 아름답게 피어나보라는
여름의 시간 기회의 시간
사랑은 한번도 늙은 채 오지 않고
단 하루가 남았더라도
우린 다시 진실해질 수 있다

묵은 시간은 없다. 늙은 채 오는 시간도 없다. 매 순간 시간은 샘처럼 솟아 나온다. 매 순간 시간의 꽃봉오리는 피어난다. 그래서 한 시인은 "어느 땅에 늙은 꽃이 있으랴/ 꽃의 생애는 순간이다"라고 노래했다. 우리가 사는 매 순간은 맨 처음이며 우리는 매일매일 여린 초록과도 같은 아침을 맞는다. 아침에는 우리에게 큰 가능성이 열려 있다. 우리는 아침에 여러 갈래로 갈린 길 위에 선다. 그래서 우리가 선택할 수 있는 것 또한 많다.

절망의 구렁텅이에 빠져 있을 때 더 큰 희망의 세계로의 출로가 열린다. 밤의 시간에 낮은 이미 시작된다. 늦었다고 생각될 때가 가장 빠른 때이다. 우리에게 필요한 것은 새로운 의욕, 그리고 광야와도 같은 담대한 정신이다.

엄숙

김소월

나는 혼자 뫼 우에 올랐어라.

솟아 퍼지는 아침 햇볕에

풀잎도 번쩍이며

바람은 속삭여라.

그러나 아아 내 몸의 상처받은 맘이어

맘은 오히려 저리고 아픔에 고요히 떨려라

또 다시금 나는 이 한때에

사람에게 있는 엄숙을 모다 느끼면서.

김소월 시인은 시 〈바리운 몸〉에서 “꿈에 울고 일어나/ 들에/ 나와라.// 들에는 소슬비/ 머구리는 울어라./ 풀 그늘 어두운데”라고 썼다. 아침이 왔지만 꿈속에서 울고 나온 듯 마음에는 어두운 구석이 있다. 그러나 자연의 생명들은 반짝이고, 부드럽고, 활발한 기운으로 살아 있다. 산에 올라 바라본 풍경도 다르지 않다. 넘치듯 높은 활력이 있다. 시인은 홀로 아픈 마음이 있어서 통증을 느끼지만 이내 사람에게 항용 있는 그 엄숙에 대해 생각한다. 사람에게 있는 엄숙은 무엇일까. 정중하고 위엄이 있는 기품을 말하는 것이 아닐까 한다. 사람된 바탕인 이 엄숙에 의해 사람은 고난과 슬픔과 외로움을 의연하게 견뎌내는 것일 테다. 깎아 세운 듯한 산 같은 성품이 있어서 사람은 스스로 고절孤節하고 떳떳한 것일 테다.

새로운 길

윤동주

내를 건너서 숲으로
고개를 넘어서 마을로

어제도 가고 오늘도 갈
나의 길 새로운 길

민들레가 피고 까치가 날고
아가씨가 지나고 바람이 일고

나의 길은 언제나 새로운 길
오늘도…… 내일도……

내를 건너서 숲으로
고개를 넘어서 마을로

이 시는 1938년 5월 윤동주 시인이 나이 만 21세에 탈고했던 시다. 식민지 시대를 초극超克하려는 청년 정신이 드러난 시이기도 하다. 하나의 길은 개울을 건너서 숲으로 이어져 있고, 또 이 길은 고개를 넘어서는 순간 마을을 향해 나 있다. 매일매일 오가는 길이지만 이 길은 새날이 가고 오는 길이기에 새로운 길이기도 하다. 특히 이 길은 생명의 길이기도 해서 민들레와 까치와 아가씨와 바람이 통과하는 길이다. 가령 새봄이 오는, 생의生意와 설렘의 길이기도 하다. 자연이 푸릇푸릇하게 돋고, 높이 날며, 사랑의 기운이 솟고, 봄바람이 불어오는 길이기도 하다.

코이법칙

이혜선

코이라는 비단잉어는

어항에서 키우면 8센티미터밖에 안 자란다

냇물에 풀어놓으면

무한정 커진다

너의 꿈나무처럼,

이 시는 코이라는 관상어에 대해 쓰고 있다. 이 코이라는 관상어는 어떤 곳에서 키우느냐에 따라 생육이 달라진다고 한다. 그런데 이것은 비단 한 존재에 대한 물리적 환경과 조건의 영향만을 얘기하는 것은 아닌 듯하다. 가령 우리의 마음을 좁은 어항에 가둘 것인가, 혹은 연못을 집으로 삼을 것인가, 아예 흐르는 물에 흘려보낼 것인가를 묻고 있는 것 같다. 편견과 시비심으로 살지 않는다면 우리 마음의 영토는 무한하게 커질 것이다. 놓아버리면 벗어나고 집착하면 묶인다고 한 까닭도 여기에 있겠다. 이 시는 이혜선 시인이 펴낸《운문호일雲門好日》이라는 시집에 실려 있다. 시인이 "그냥 실실/ 그냥 빙그레/ 그냥 활짝 웃음이 나오는/ 날마다가 봄날"이라고 썼듯이 새날의 매일이 길일吉日이다.

저녁 포구

오성일

가을에 와 닿는 일은
저녁 포구에 빈 배를 묶고
담배 하나 피워 무는 일
비바람의 한철 빠져나간 자리
찢어진 그물을 그러매는 일
부두에 흩어진 비늘
그 눈물의 무늬들을 헹구며
무릎 일으켜 사는 게 어쩌면
해국海菊 떨기 피었다 지는 일과 같다고
밤바다를 따라 입을 닫는 일
태풍 지나간 바닷가 언덕에
칠십 먹은 가을이 오는 일은

포구에도 가을이 왔다. 한철 동안 비바람과 격랑이 거세었던 포구에도 가을이 와서 늙은 어부는 다시 그물을 깁고 손질하며 해역海域으로 나갈 날을 가늠한다. 칠순이 된 늙은 어부는 뱃전에 앉아 그동안 살아온 세월이 저 암벽의 해국海菊이 꽃 피우고 지는 일과 다를 게 없다고 생각한다. 빈 배를 묶으며 일흔 살 살아온 세월이 마치 한 번의 태풍이 포구를 지나간 것과 다를 게 없다고 생각한다. 그러나 새로운 날이 내일 또 밝아올 것이니 희망을 버리지 않아 삶의 무릎을 일으켜 세운다. 포구에 밀물과 썰물의 때가 있듯이 세상의 되어가는 형편도 시세의 경향이 좋고 그렇지 않을 때가 있으니 새로운 계절에는 새로운 의지로 살아야겠다.

저 나비

허수경

때로 버려지는 아픔이여 때로 노래하는 즐거움이여
때로 오오하는 것들이여 아아 우우 하는 것들이여
한 세계를 젊어진 여린 것들의 기쁨이여
그 기쁨의 몸이 경계를 허물며 너울거릴 때 때로 버려지는
아픔과 때로 노래하는 즐거움의 환호 그 환호의 여림
때로 아아 오오 우우 그런 비명들이 젊어진 세계여
때로 아련함이여
노곤한 몸이 젊어지고 가는 마음

나비가 공중을 날고 있다. 몸이 가늘고 빛깔이 곱고, 여린 나비가 날고 있다. 나비의 비상에는 아픔과 즐거움이 함께 있다. 그리하여 "아아 오오 우우"하며 날고 있는 것처럼 보이는 나비의 날아감에는 비명과 환호가 함께 있다. 그리고 그것은 한 세계를 짊어지고 살아가는 나약하고 순한 생명들의 입에서 직접 나오는 생생한 소리이기도 하다. 저 나비가 간다. 부드러우며 가냘프고 약한 마음이 노곤한 몸을 짊어지고 간다.

허수경 시인은 생전에 병마와 싸우면서 보내는 시간들을 "불안하고, 초조하고, 황홀하고, 외로운, 이 나비 같은 시간들"이라고 썼다.

민달팽이를 보는 한 방식

김선우

가출이 아닌 출가이길 바란다
떠나온 집이 어딘가 있고 언제든 거기로 돌아갈 수 있는 자가
아니라

돌아갈 집 없이
돌아갈 어디도 없이
돌아간다는 말을 생의 사전에서 지워버린
집을 버린 자가 되길 바란다

매일의 온몸만이 집이며 길인,

그런 자유를……

바란다, 나여

민달팽이는 껍데기집이 없는 달팽이다. 찬 이슬과 매서운 바람과 폭우와 거친 눈보라를 피할 곳이 따로 없다. 돌아갈 곳도 끊어버렸다. 지나온 길은 무너뜨렸다. 근심과 슬픔이 오면 온몸으로 맞이한다. 실컷 울고 가던 길 또 간다. 나아갈 길과 다가올 내일을 미리 헤아려 홀로 열어나간다. 뿔처럼 단단한 의지를 세우고서. 오직 스스로를 의지하면서.

두고 갈 것이 없고, 지나온 시간을 모두 버렸으니 참 홀가분하다. 밀고 밀며 가는 이 순간의 꽃핌만이 있을 뿐이다. 이 순간을 횃불처럼 살기 때문에 마음은 늙지 않는다. 매일매일이 생화生花로 만든 꽃다발처럼 싱싱하고 향기롭다. 누구에게도 길들여지지 않는다. 깨끗한 달 가듯이 먼 데 가는 자유만이 있을 뿐이다. 온몸으로 온전히 사랑해야 할 삶의 시간이 우리에게 있다.

그리고 나는 행복하다

신경림

어린 시절 나는 일없이 길거리를 쏘다니기도 하고
강가에 나가 강물 위를 나는 물새들을 구경하기도 했다
그러면서 나는 얼마나 행복했던가
카사블랑카의 뒷골목을 어슬렁거리기도 하고
바이칼호의 새 떼들 울음소리를 듣기도 했으니까

다 늙어 꿈이 이루어져
바이칼호에 가서 찬 호수에 손도 담가보고
사하라에 가서 모래 속에 발도 묻어보고
파리의 외진 카페에서 포도주에 취하기도 했다
그때도 나는 행복했다, 밤마다 꿈속에서는
친구네 퀴퀴한 주막집 뒷방에서 몰래 취하거나
아니면 도랑을 쳐 얼개미로 민물새우를 건지면서

창밖엔 눈발이 치고
모래바람 부는 사하라와 고추잠자리 떼 빨간 동구 앞 길을

번갈아 오가면서, 지금 나는

병상에서 행복하다

한때에 바람을 쐬러 여기저기 돌아다녔고, 자유롭게 높이 날아오르는 새들을 보았다. 그러면서 카사블랑카와 바이칼 호수로의 유랑을 꿈꿨다. 그리고 그 꿈을 이뤘다. 이국의 큰 호수와 아득한 모래사막과 번화한 거리를 다 돌아보았다. 그러면서 옛 마을의 뒷방과 좁은 개울에서 보냈던, 소중했던 시간을 떠올렸다. 오늘은 눈발이 유리창에 하얗게 치고, 시인은 타국의 막막하게 펼쳐진 사막과 옛 마을의 어귀를 번갈아가며 생각한다. 꿈이 있었던 시간과 방황했던 시간은 행복했다. 그리고 꿈을 이룬 시간도 행복했다. 우리의 모든 시간은 화관花冠을 쓴 것처럼 눈부신 순간들이다. 밤하늘에 뾰록거리는 별처럼 빛나는 순간들이다.

건들대봐

김형영

나뭇잎은 흥에 겨워
건들대는 거야.
천성이 그래,
사는 게 즐거운 거지.

바람 불면 바람과 함께
비 내리면 비와 함께
새들이 노래하면
새들의 날개에 얹혀
같이 날아보는 거야.

그런 게 즐거움 아니냐고
너도 건들대보라고,
죽기 전에 후회 없이
한번 건들대보라고.

건들대는 것은 몸과 마음에 바람이 살랑살랑 부는 것일 테다. 언덕을 넘어서 오며 버드나무 나뭇가지를 이리저리 가만가만 흔들어놓는 봄바람처럼. 조금은 들떠서 조금은 신이 나서 흥에 겨워 살아도 좋겠다. 바람이 저편으로 가면 바람을 따라서 가고, 비가 오면 빗방울처럼 수면 위를 뛰고, 새들이 울면 새들의 악보에 맞춰 노래를 하면서 살아도 좋겠다. 너무 무겁고 딱딱하게 살지 않고, 너무 심각하게 살지 않고. 살구꽃이 피는 일에도 신명이 들어 있고, 보리밭이 넘실넘실하는 일에도 신명이 들어 있다고 생각하면서 말이다. 봄바람을 마신 새처럼 봄을 흥얼거리면서 살아도 좋겠다.

거리

나희덕

이쯤이면 될까.
아니야. 아니야. 아직 멀었어.
멀어지려면 한참 멀었어.

이따금 염주 생각을 해봐.

한 줄에 꿰어 있어도
다른 빛으로 빛나는 염주알과 염주알,
그 까마득한 거리를 말야.

알알이 흩어버린다 해도
여전히 너와 나,
모감주나무 열매인 것을.

마음에서 생겨나는 것은 측량하기 어렵다. 어느 때에는 한 뼘의 거리도 가마득하고, 어느 때에는 천 리도 한달음에 달려갈 정도로 가깝다.

염불할 때 손으로 돌리는 염주가 여기 있다. 한 줄로 꿴 염주라도 탱탱하고 둥글둥글한 염주알은 각각 다르다. 생김생김도 빛깔도 각각 다르다. 이 다름을 거리로 잰다면 막막할 뿐이다. 그러나 줄이 툭 끊어져 꿰어 있던 염주알이 사방으로 흩어진다 하더라도 각각의 염주알이 모감주나무 열매라는 사실에는 변함이 없다. 이 같음을 거리로 잰다면 지척咫尺이다.

오늘은 꽃바구니를 본다. 꽃바구니에는 여러 종류의, 여러 송이의 꽃들이 있다. 색색의 꽃들이 모여 화사한 생기와 화음和音을 만들어내고 있다. 우리도 그처럼 이 세계에 있다.

산에서

박재삼

그 곡절 많은 사랑은
기쁘던가 아프던가.

젊어 한창때
그냥 좋아서 어쩔 줄 모르던 기쁨이거든
여름날 헐떡이는 녹음에 묻혀 들고
중년中年 들어 간장肝臟이 저려 오는 아픔이거든
가을날 울음빛 단풍에 젖어 들거라.

진실로 산이 겪는 사철 속에
아른히 어린 우리 한평생

그가 다스리는 시냇물도
여름엔 시원하고
가을엔 시려 오느니

사랑을 기쁘다고만 할 것이냐,

아니면 아프다고만 할 것이냐.

산에는 네 계절이 흐르고, 산에는 우리가 사는 일생의 초상이 다 들어있다. 신록의 시간과 우거진 녹음, 단풍, 그리고 잎이 지고 가지만 앙상히 남은 나무들의 시간이 산에는 있으니 그러하다. 그래서 시인은 환희가 가쁜 숨을 몰아쉬는 때에는 여름날의 녹음에 살고, 나이가 들어 삶의 아픔이 오거든 가을날의 "울음빛 단풍"에 젖어볼 일이라고 말했다. 이것은 산이 다스리는 시냇물을 볼 적에도 그러하니 여름에는 물줄기가 넓고 많고 화급하고 시원하고, 가을날에는 물줄기가 애가 타듯 말라들고 유약하고 차갑다. 사랑도 인생도 여름산에 흐르는 계류溪流요, 가을날의 시냇물이다. 네 계절의 시간이 하나의 산을 지나가듯 우리도 올라가고 내려가는 언덕들을 넘어간다. 순조롭지 않고, 이리저리 얽힌 사정이 많을 수밖에 없다. 골짜기에 살기도 하고, 산봉우리에 살기도 하는 것이니 밤과 낮의 바뀜과 다르지 않다.

폐허 이후

도종환

사막에서도 저를 버리지 않는 풀들이 있고
모든 것이 불타버린 숲에서도
아직 끝나지 않았다고 믿는 나무가 있다
화산재에 덮이고 용암에 녹은 산기슭에도
살아서 재를 털며 돌아오는 벌레와 짐승이 있다
내가 나를 버리면 거기 아무도 없지만
내가 나를 먼저 포기하지 않으면
어느 곳에서나 함께 있는 것들이 있다
돌무더기에 덮여 메말라버린 골짜기에
다시 물이 고이고 물줄기를 만들어 흘러간다
내가 나를 먼저 포기하지 않는다면

하려던 일을 도중에 그만두어 버리면 그동안의 모든 애씀이 헛되게 된다. 시작한 일은 그 끝을 보라고도 했다. 매우 까다롭고 혹독한 상황에서도 자신을 잘 지켜내는 것들은 많다. 불굴의 의지가 있기 때문이다. 자신을 스스로 포기하기 않았기 때문이다. 백절불요百折不撓의 정신이 있기 때문이다. 뜨거운 모래 위에서도 풀은 푸르게 자라고, 화마가 휩쓸고 간 숲에서도 어떤 나무는 다시 새로이 싹을 틔운다. 내가 나를 버리면 거기는 영원한 불모의 폐허가 되지만, 내가 나를 포기하지 않으면 거기는 신생新生의 생명 자리가 된다.

5부

밤하늘처럼
초롱초롱
추억의 문장이
빛난다

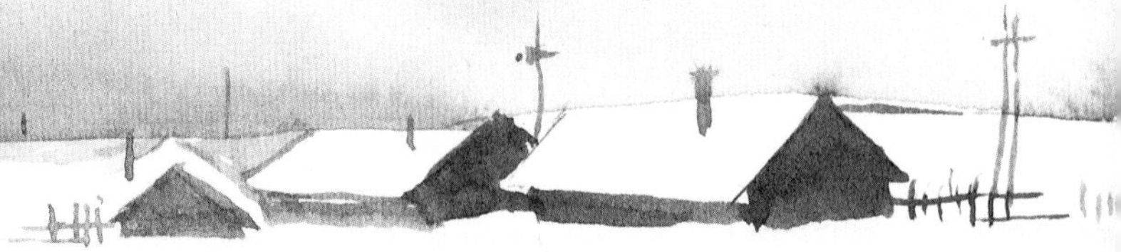

한 알의 사과 속에는

구상

한 알의 사과 속에는
구름이 논다.

한 알의 사과 속에는
대지大地가 숨 쉰다.

한 알의 사과 속에는
강이 흐른다.

한 알의 사과 속에는
태양이 불탄다.

한 알의 사과 속에는
달과 별이 속삭인다.

그리고 한 알의 사과 속에는

우리의 땀과 사랑이 영생永生한다.

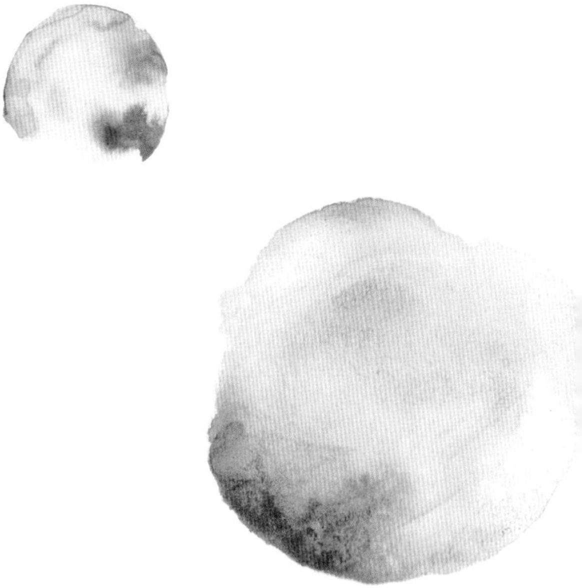

한 알의 붉은 사과가 여기 있다. 가을이 우리에게 따서 준 것이다. 시인은 한 알의 사과 속에 구름과 대지와 강과 태양과 달과 별과 땀과 사랑이 있다고 말한다. 이처럼 여럿이 애를 써서 한 덩어리의 사과를 익게 했다는 것이다. 바람과 흙과 물과 별과 달빛과 농부의 일하는 손이 힘을 합해서 서로 도울 때 한 알의 사과가 온전하게 익는다는 것이다.

어떤 결실을 독차지하려는 사람이 더러 있다. 그런 사람에게는 인심이 돌아선다. 어떤 일의 성사成事가 은덕恩德을 입었기 때문이라고 여기는 사람이 있다. 그런 사람은 다른 사람의 딱한 처지를 헤아릴 줄도 알아 인심을 얻는다. 봄으로부터 10월의 시간까지 내가 이룬 일들을 되짚어보니 빌려온 것과 얻어온 것들만이 있을 뿐이다.

망초꽃과 자전거

장철문

풍선 속처럼 부푼
하늘 밑에는

마구 뜯어 던진 구름

구름 밑에는
새,

그 아래
내 자전거

뚝방길은 망초꽃을 데리고 자꾸 뒤로 밀리고
구름 그림자는 벼논 위를 마구 달려 앞질러가고

저 아래편에 벼가 푸르게 자라는 논이 있다. 자라는 벼를 핥듯 논 위로는 구름 그림자가 지나간다. 시인은 자전거를 타고 방죽을 달린다. 여름날이어서 방죽 길가에는 하얀 망초가 한창 흐드러지게 피었다. 시인의 자전거 바퀴는 쾌속으로 여름 속을 내달린다. 새도 쏜 화살과 같이 빠르게 날아간다. 시원하게 불어가는 맑고 서늘한 바람처럼.

구름도 높이 떠 들판을 지나가고 산봉우리를 넘어간다. 구름은 밀가루를 반죽해 공중에 떼어 던진 것 같다. 마치 어머니께서 수제비를 만드실 때처럼. 아무튼 구름도 새도 자전거도 망초꽃도 뚝방길도 구름 그림자도 벼논도 풍선처럼 부푼 하늘 아래 있다. 어머니께서 머리에 광주리를 이듯 하나의 여름 하늘을 똑같이 이고 있다.

봄은 고양이로다

이장희

꽃가루와 같이 부드러운 고양이의 털에
고운 봄의 향기가 어리우도다.

금방울과 같이 호동그란 고양이의 눈에
미친 봄의 불길이 흐르도다.

고요히 다물은 고양이의 입술에
포근한 봄 졸음이 떠돌아라.

날카롭게 쭉 뻗은 고양이의 수염에
푸른 봄의 생기가 뛰놀아라.

이장희 시인은 이 시를 그의 나이 스물네 살이던 1924년에 발표했다. 그는 스물아홉 살에 요절했고, 30여 편의 시를 세상에 남겼다. 고양이의 부드러운 털과 동그란 눈과 가만히 다문 입술과 곧게 뻗은 수염에서 봄의 향기와 봄의 불길과 봄의 졸음과 봄의 생기를 함께 읽어냈다. 봄이 환기시키는 동적인 생명력은 물론 정적인 나른함과 포근함을 동시에 표현했다. 뜰에, 들마루에, 거실에, 침대 위에, 장독대에, 풀 돋는 밭에 봄이라는 고양이가 앉아 있다. 그리고 한 마리 고양이가 한 차례 몸을 쭉 펴고 팔다리를 뻗은 후에 움직여가듯이 봄은 그 몸을 일으켜 세워 서서히 우리의 마당과 골목을 간다. 환한 꽃나무 사이를 지나 높은 담장을 넘어 들판을 산을 간다. 해마다 봄이 돌아오면 이 시를 다시 읽게 된다.

새

김종삼

또 언제 올지 모르는

또 언제 올지 모르는

새 한 마리가 가까이 와 지저귀고 있다.

이 세상에선 들을 수 없는

고운 소리가

천체에 반짝이곤 한다.

나는 인왕산 한 기슭

납작집에 사는 산사람이다.

한 마리의 새가 노래하고 있다. 새는 아마도 나목裸木의 가지 위에 앉았을 것이다. 언제 다시 올지 모르는 새 한 마리가 가까이 날아와 울고 있다. 싸락눈 같은, 샛별 같은 음계들이 천공天空에 반짝이고 있다. 샘물처럼 맑은 소리가 솟고 있다. 상냥하고 감미로운 선율이 흐르고 있다. 싱그럽게 음의 높낮이를 만들면서.

시인은 새와 잠깐 만난다. 한 생명이 한 생명과 순수하게 만나는 순간이다. 매우 조용한 때였을 것이다. 평화로운 때였을 것이다. 김종삼 시인이 썼듯이 "인간의 생명은 잠깐이라지만", 시인이 한 마리 새와 만난 이 순간은 그 어느 때보다 고귀하고 찬란하고 긴 기쁨을 안겨주었을 것이다.

바람

김춘수

풀밭에서는
풀들의 몸놀림을 한다.
나뭇가지를 지날 적에는
나뭇가지의 소리를 낸다…….

풀밭에 나뭇가지에
보일 듯 보일 듯
벽공에
사과알 하나를 익게 하고
가장자리에
금빛 깃의 새들을 날린다.

바람이 지나간다. 희맑은 바람이 지나간다. 풀밭에 가서는 풀의 행세를 한다. 풀처럼 눕고 풀처럼 일어선다. 나뭇가지에게 가서는 나뭇가지가 되어 제 몸을 흔든다. 벽공에, 푸른 하늘에 언뜻 스치고 지나간다. 한 알의 사과알을 붉게 익게 한다. 새의 금빛 깃을 날리게도 한다.

바람은 모든 것과 잘 호응한다. 부름에 잘 응답한다. 사람의 호흡 속에 살기도 하고, 한 그루 수양버들 속에 몸을 길게 늘어뜨리기도 하고, 산마루에 높이 오르기도 하고, 단풍잎에 올망졸망 매달려 있기도 하고, 환한 햇빛 속에 눈부시게 서 있기도 한다. 물처럼 흐르고 흘러 가리는 것이 없다. 활짝 트여 마음을 후련하게 한다. 그 눈짓도 참 좋다.

난蘭

신석정

바람에
사운대는 저 잎샐 보게

잎새에
실려오는 저 햇빛을 보게

햇빛에
묻어오는 저 향낼 맡게나

이승의
일이사 까마득 잊을 순 없지만

난蘭이랑
살다보면 잊힐 날도 있겠지……

신석정 시인은 난초를 노래한 여러 편의 시를 유작으로 남겼다. 시인은 난초의 굽힌 데 없이 뻗은 "밋밋한 잎"은 건강하고도 고고하고, 꽃 빛깔은 "맑고 담담하여/ 아예 속운俗韻이 없"고, "손에 잡힐 듯 달려드는" 난초의 향기는 10리 너머로 나아간다고 썼다.

신석정 시인이 권한 대로 고아하고 청초한 난초를 가까이에 두어 우리의 가쁜 숨을 조금은 돌릴 일이요, 세상의 풍진風塵을 겪더라도 본래의 면목과 품성을 지켜나갈 것을 생각해볼 일이다. 소곤거리듯 들려오는 잎새의 작고 미묘한 흔들림, 그 위에 얹힌 투명한 빛, 은은하게 움직이는 향기를 보라. "고서 몇 권과 술 한 병, 그리고 난초 두서너 분이면 삼공三公이 부럽지 않다"라고 가람 이병기도 말하지 않았던가.

멧새 소리

백석

처마끝에 명태를 말린다
명태는 꽁꽁 얼었다
명태는 길다랗고 파리한 물고긴데
꼬리에 길다란 고드름이 달렸다
해는 저물고 날은 다 가고 볕은 서러웁게 차갑다
나도 길다랗고 파리한 명태다
문턱에 꽁꽁 얼어서
가슴에 길다란 고드름이 달렸다

이 시가 발표된 때는 1938년. 이 시를 쓸 무렵 백석 시인은 함경남도 함흥에 살았다. 그곳에 머물며 동해東海에선 날미역 냄새가 난다고 썼고, 관북 지방에서 잡히는 가자미와 가무락조개에 대해 썼다. (그는 동해의 조개가 되고 싶다고 썼고, 가자미는 흰밥과 빨간 고추장과 함께 가난하고 쓸쓸한 밥상에 한 끼도 빠지지 않고 올라오던, 먹어도 물리지 않는 생선이라고 썼다!)

이 시의 온몸에는 한기가 들어 있다. 민가 처마에 겨울 명태가 매달려 있다. 추운 세상에 명태에 고드름까지 달렸으니 더 여위고 기다랗고 두 눈은 퀭해보였을 터. 그 명태의 궁색을 시인의 처지에 겹쳐놓았다. 객지에 사는 이의 외로움과 쓸쓸함의 높이 같은 것. 그런데 왜 제목이 '멧새 소리'인가. 멧새 소리는 뭍과 숲과 고향의 소리이니 바다와는 한참 멀다. 바다에서 잡혀온 명태나 고향을 떠나온 시인이나 다를 바 없다. 처마 끝 꽁꽁 언 명태를 바라보는 이의 객수客愁가 시린 뼛속에 더욱 사무쳤으리.

저녁눈

박용래

늦은 저녁때 오는 눈발은 말집 호롱불 밑에 붐비다

늦은 저녁때 오는 눈발은 조랑말 발굽 밑에 붐비다

늦은 저녁때 오는 눈발은 여물 써는 소리에 붐비다

늦은 저녁때 오는 눈발은 변두리 빈터만 다니며 붐비다.

어두컴컴해지고 호롱불은 켜졌다. 불빛 둘레에 눈발이 뿌린다. 눈발은 벌떼처럼 붐빈다. 눈발은 달리는 말의 발굽처럼 재촉한다. 말 목덜미의 갈기처럼 흩날린다. 또 눈발은 한 단의 짚이나 마른 대궁의 풀을 손작두로 썰 때의 소리를 내며 쌓인다. 그리고 바깥 외진 곳까지도 내려 하얀 단층을 이룬다.

응축과 생략을 한껏 사용한 단형의 시가 이처럼 여러 겹의 상상을 이끌어낸다는 게 놀랍다. 이 시를 읽고 있으면 눈발은 눈에 가득하고 귀에 가득하다. 채색을 하지 않은 가늘고 정교한 선의 소묘를 보라. 하지만 분주함과 여유, 피로와 평온, 있음과 없음이 동시에 표현되어 있다. 단일한 반복과 병렬을 통해 음악이 생겨나는 풍경은 또 어떠한가. 눈 오는 삼동三冬에는 "고산식물高山植物처럼/ 늙으신 어머니가 돌리시던/ 오리 오리/ 맷돌 가는 소리"가 들린다고 노래한 박용래의 시 〈설야雪夜〉 또한 함께 읽자.

강아지풀에게 인사

나태주

혼자 노는 날

강아지풀한테 가 인사를 한다
안녕!

강아지풀이 사르르
꼬리를 흔든다

너도 혼자서 노는 거니?

다시 사르르
꼬리를 흔든다.

길가나 들에 흔하고 흔한 것이 강아지풀이다. 키가 꽤 작다. 잘고 보드라운 털을 코끝에 손바닥에 목덜미에 살짝 대면 살근살근 잘도 간질인다. 바람에 흔들릴 때는 강아지가 꼬리를 흔들어 누군가를 반기는 것 같다. 아이들과 가장 친한 풀이다. 시인은 이 강아지풀에게 가서 말을 걸고 있다. 몸을 굽혀 얼굴을 마주하고 눈을 맞추고 있다. 대수롭지 아니하다고 여길 만한 풀에게 인사를 한다. 심심하던 차에 함께 놀자고. 외톨이였으나 이제 서로 짝이 되자고. 꾸밈없는 순수한 마음이 쓴 시다.

이러한 마음이라면 누구와도 금세 사귀어 친해질 수 있고, 정이 깊게 들 것이다. 오늘은 나태주 시인의 시를 중얼거리며 외워본다. 기쁨이 온다.

칠성무당벌레

이정록

나는 점이 많다.
별명이 점박이다.
나는 한 문장으로 말할 수 있는
단순한 사람이 아니다.
나에겐 까만 마침표가 많다.
복잡한 게 아니라 풍부하게 산다.
문장을 다듬듯 알뜰살뜰 산다.
밤하늘처럼 초롱초롱
추억의 문장이 빛난다.
당신이 주어일수록
더 반짝거린다.

칠성무당벌레를 사전에서 찾아보니 "몸은 짧은 달걀 모양이고 몸 전체가 됫박을 엎어놓은 것 같다"라고 설명을 멋지게 해놓았다. 진딧물을 잡아먹고 사는 익충이라는 풀이와 함께. 내 어릴 적 놀던 뒷동산 같이 생긴, 언덕 같이 생긴 칠성무당벌레. 손가락으로 톡 건드리면 꼼짝을 않고 죽은 척을 하던 칠성무당벌레. 붉은색 딱지날개에 7개의 검은 점무늬가 있다.

시인은 이 점박이 칠성무당벌레의 생김이 단조롭거나 간단하지 않고 문양과 그것의 멋이 오히려 넉넉하고 많다고 말한다. 몸통이 작지만 나름대로 정성을 쏟아가며 살림을 규모에 알맞게 꾸려간다고 말한다. 칠성무당벌레가 바라보는 밤하늘에는 밝고 또렷한 별이 옛 추억처럼 언제나 빛난다고 말한다.

둥지의 알 같은 칠성무당벌레. 아기의 꼭 쥔, 조그마한 주먹처럼 걸어가는 칠성무당벌레. 넘어져도 금방 오뚝이처럼 잘도 일어서는 칠성무당벌레. 날아갈 때에는 헬멧을 쓰고 공중으로 신나게 오토바이를 몰고가는 칠성무당벌레.

조금은 어수룩한 듯이 보이지만 누구보다 정이 두텁고 너무나 인간적인 칠성무당벌레. 찾으면 찾을수록 모자라는 점보다 나은 점과 매력이 더 여럿인 칠성무당벌레. 자세히 보면 우리 곁에 있는 모든 사람도 그렇다.

돌을 집다

위선환

돌 하나를 집어서 손바닥 위에 올려놓았다 돌 하나 밑에 돌의 그림자 하나가 생겼다

돌의 그림자 하나는 얇다 돌 하나에 눌린 돌의 그림자 하나가 오목해지면서 오그라든다

오그라든 돌의 그림자 하나가 돌 하나를 감쌌다

돌 하나를 감싼 돌의 그림자 하나가 있고, 돌 하나의 그림자에 감싸인 돌 하나가 있고,

돌과 그림자는 각각이고 돌 하나를 감싼 적막과 돌의 그림자 하나를 감싼 적막이 각각이다

돌과 그림자와 적막은 겹겹이고 적막은 몇 겹을 겹쳐도 투명하다

'두두시도 물물전진頭頭是道 物物全眞'이라고 했다. 사물 하나하나가 전부 도道이고, 사물 하나하나가 전부 진리이다. 돌, 그림자, 적막은 각각 독립적이고 고유하고 온전하다. 그리고 저마다 살아 있고, 움직인다. 심지어 돌에서 태어난 돌의 그림자는 돌에 예속된 것이 아니라 능동적이고도 의지적으로 오히려 돌을 감싼다. 적막을 하나의 사물로, 하나의 존재로 보는 시각도 이채롭다. 이런 시선으로 세계를 바라볼 때 대립은 사라지고 원융圓融의 세상이 될 것이다.

돌

유강희

아직 던져지지 않은 돌

아직 부서지지 않은 돌

아직 정을 맞지 않은 돌

아직 푸른 이끼를 천사의 옷처럼 두르고 있는 돌

아직 말하여지지 않은 돌

아직 침묵을 수업중인 돌

아직 이슬을 어머니로 생각하는 돌

그리고 잠시 손에 쥐었다 내려놓은 돌

아직 조금 빛을 품고 있는 돌

한곳에 가만히 앉은 돌멩이가 하나 있다. 햇살 아래 잠든 듯이. 아직은 생김새가 태어난 모양 그대로인 돌멩이다. 손을 타지 않고, 다른 것이 섞이지 않고, 가공되지 않은 채로. 푸른 이끼도 입고 있다. 날개를 접은 채. 태어나지 않은 언어를 갖고 있는 돌멩이. 내내 잠잠하게 있는 돌멩이. 아침이면 부시고 맑은 이슬이 이마에 데구루루 구르는 돌멩이. 그리고 한 번 나의 옷깃을 스쳐간 돌멩이. 내면에는 순수와 사랑과 빛을 하얀 새알처럼 품고 있는 돌.

돌은 작고 고유한 존재요, 하나의 우주요, 돌은 못된 생각이 없는 착한 성격이요, 돌은 우리가 더욱 더 가꾸어야 할 그 어떤 반짝임과 밝음일 것이다.

오리알 두개

이시영

갈숲이 자라는 곳에 오리알 두개
오리는 어디 갔나
갈숲이 대신 품어주는 곳에 따스한 오리알 두개

이 시는 조용한 풍경을 보여준다. 그러나 이 풍경에는 미묘하게도 정감이 오가고, 보살피는 움직임이 있다. 갈숲과 오리알 두 개 사이에 오가는 다독임이 그것이다. 갈대숲이 어루만져주고 감싸고 있기에 오리알은 온기가 있는 품을 얻는다. 이시영 시인의 시편들은 하나의 풍경에서 동정하는 따뜻한 마음의 교감을 매우 자세하게 발견한다. 이 모두는 사랑하고, 가없게 여기고, 함께 기뻐하고, 대등하게 대하는 마음에서 생겨난 것이다.

청노루

박목월

머언 산 청운사
낡은 기와집

산은 자하산
봄눈 녹으면

느릅나무
속잎 피어나는 열두 굽이를

청노루
맑은 눈에

도는
구름

여운이 오래 남는 명시다. 멀고 가까운 풍경의 마주놓음도 좋을뿐더러 근경을 표현할 때에는 아주 세세하여 더욱 미묘하다. 가령 먼 곳에 있는 청운사를 바라보면서 그 절 지붕에 올린 기와의 오래됨과 낡음을 눈앞에서 보고 있는 듯 표현했다. 청운사靑雲寺와 청노루에서의 '청靑'은 "시각적으로 청색감을 강조하려는 뜻에서" 썼다고 시인은 밝혔는데, 이 빛깔은 현실계를 벗어난 듯한 신비로운 분위기를 만들어낸다. 문학평론가 이숭원 선생은 '청운사'와 '자하산'이 '푸른 구름이 어린 절'과 '붉은 노을이 어린 산'이라는 뜻을 갖고 있지만 어휘의 음감音感 때문에 선택했을 가능성이 높고, '청운사'는 맑고 단아한 느낌을, '자하산'은 넓게 퍼지는 느낌을 준다고 탁월하게 해석했다. 청노루의 작고 깨끗한 눈에 하늘의 구름이 비친 것을 심안心眼으로 읽다니 실로 신이할 뿐이다.

박꽃

신대철

박꽃이 하얗게 필 동안
밤은 세 걸음 이상 물러나지 않는다

벌떼 같은 사람은 잠 들고
침을 감춘 채
뜬소문도 잠 들고
담비들은 제 집으로 돌아와 있다

박꽃이 핀다

물소리가 물소리로 들린다

바깥의 소요가 사라진 고요한 상태에 비로소 이르렀다. 캄캄한 밤의 가장 조용하고 잠잠한 한 순간에 희디흰 박꽃이 홀로 가만히 피어난다. 잉잉거리는 벌떼와도 같은 분주함이 그치고, 근거 없이 이 사람 저 사람 입에 오르내리던 소문이 잦아들어서 세계는 순일純一한 상태에 놓여 있다. 그리하여 물소리가 물소리로 또렷하게 들린다. 모든 것이 있는 그대로, 여실하게 보인다. 낮의 빛이 모두 가라앉은 때에, 활동이 멈춘 때에 티 없이 깨끗한 한 송이의 꽃이, 하나의 생명이 세계에 피어난다. 이 순백한 꽃은 우리 정신의 신성성이라고 불러도 좋을 것이다. 대립과 갈등이 극복된 이후에 얻게 된 것이 아니라 그 이전에 본래부터 있었던 교감과 평화의 그 정신이라고 이해해도 좋을 것이다.

앵두, 살구꽃 피면

박용래

앵두꽃 피면
앵두바람
살구꽃 피면
살구바람

보리바람에
고뿔 들릴세라
황새목 둘러주던
외할머니 목수건

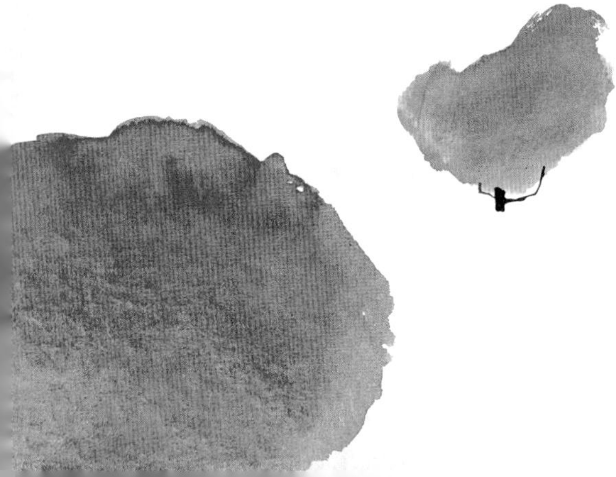

앵두나무에게 바람이 불어가면 바람에는 앵두꽃의 향기와 빛깔이 실린다. 바람이 살구꽃 핀 살구나무에게로 가면 바람은 살구꽃의 향기와 빛깔과 모양을 한다. 또 어느 날에 바람은 보리바람이 되기도 한다. 그러나 그 보리바람에는 따뜻한 빛과 기운이 덜 들어 있어서 어린 아이들은 고뿔에 걸리기도 한다. 그래서 보리바람이 불어오면 외할머니는 목수건을 가녀린 손주의 긴 목에 둘러준다.

박용래 시인은 1925년 충남 논산군 강경읍에서 3남 1녀 중 늦둥이 막내로 태어났다. 그는 눈물이 많았다. 소설가 이문구 선생은 "(박용래 시인은) 누리의 온갖 생령生靈에서 천체의 흔적에 이르도록 사랑하지 않은 것이 없었으며, 사랑스러운 것들을 만날 적마다 눈시울을 붉히지 않은 때가 없었다"라고 회고했다. 그러한 성품이었기에 그의 시는 매우 자상하고, 속깊고, 사람의 아픈 형편을 잘 알아 다독이고 위로한다.

내 가슴속에는 제삼장第三章

신석정

내 가슴속에는
파르르 날아가는 나비가 있다. 나비의 그 가녀린 나랫소리가 있다.

내 가슴속에는
굽이굽이 흐르는 강물이 있다. 강물에 조약돌처럼 던져버린 첫사랑이 있다.

내 가슴속에는
하늘로 발돋움한 짙푸른 산이 있다.
산에 사는 나무와 나무에 지줄대는 산새가 있다.

내 마음속에는
'산같이! 산같이'하던 '내'가 있다.
오늘도 산같이 산같이 늙어가는 '내'가 있다.

시인은 자신의 가슴속을 가만히 들여다본다. 그 가슴속에는 나비의 가벼운 날갯짓 소리, 잠잠하게 흐르는 강물과 옛날의 첫사랑, 산과 나무와 산새가 있다고 말한다. 특히 하늘을 향해 키를 높여가는 산의 이상理想과 푸른 꿈이 있다고 말한다.

신석정 시인은 산이야말로 지구에 돋아난 것으로 그 높음이 아름답다고 했다. 또 죄가 없는 짐승과 "어여쁜 꽃들이 모여서 살기에 더 아름다웁다"라고 썼다. 신석정 시인의 표현대로 "기린麒麟같이 목을 길게 늘이고 서서/ 멀리 바라보는/ 산山"처럼 우리의 식견과 사려도 너르고 큰 시야視野를 갖췄으면 좋겠다.

음지식물

정희성

음지식물이 처음부터 음지식물은 아니었을 것이다
큰 나무에 가려 햇빛을 보기 어려워지자
몸을 낮추어 스스로 광량光量을 조절하고
그늘을 견디는 연습을 오래 해왔을 것이다
나는 인간의 거처에도 그런 현상이 있음을 안다
인간도 별수 없이 자연에 속하는 존재이므로

일광日光의 양이 부족하고 대체로 축축한 곳에서 자라는 식물들이 있다. 탁 트여 넓고 밝고 시원한 곳과는 아주 다른 곳에서 그들은 자란다. 시인은 그런 음지 식물들이 생존의 방식 차원에서 그늘을 견디며 살아오고 있는 것이라고 말한다. '견딘다'는 말에는 '여기에 고통이 있다'는 뜻이 담겨 있다.

사람도 하나의 '작은 자연'이어서 사람 사는 세상에도 음지가 있다. 음지에서 그늘을 견디고 있는, 고통을 참고 버티며 살고 있는 사람들이 많다. 세상에 봄이 왔지만 아직 잔설殘雪과도 같은 찬 기운 속에서, 그늘진 곳에서 살고 있는 사람들이 많다. 나에게 고운 모래처럼 쏟아지는 빛을 한 줌 덜어내서 한 평의 음지에 부어줄 줄 아는 그런 이가 되었으면 한다. 우리의 마음이 보다 넓고 아량이 있었으면 한다.

산산산

신석정

지구엔
돌아난
산이 아름다웁다.

산은 한사코
높아서 아름다웁다.

산에는
아무 죄 없는 짐승과
에레나보다 어여쁜 꽃들이
모여서 살기에 더 아름다웁다.

언제나
나도 산이 되어 보나 하고
기린같이 목을 길게 늘이고 서서
멀리 바라보는

산산산

신석정 시인은 이 시를 1953년 1월에 발표했다. 언제 보아도 산은 또렷하게 솟아올라 있다. 하늘에 별이 하나둘 돋아나듯, 산은 지구의 표면으로부터 볼록하게 쑥 돌올하게 솟아 있다. 산은 굳세고 위엄스런 기개로 섰다. 시인은 그 산의 높이를 정신의 높이로 읽는다. 산은 고결하고 신성한 정신의 높이로 섰다. 뿐만 아니라 산은 그 품에 생명을 화목하게 거느린다. 골짜기와 산등선에는 순한 눈망울의 산짐승이 깃들여 살고, 꽃핌이 있고, 이 생명들은 모여 정답게 살아간다. 시인은 이러한 산이 좋아서 기린의 목처럼 길게 목을 빼어 자신도 산이 되기를 열망한다.

산처럼 숭고한 큰 뜻을 품어보고, 산처럼 힘차고 튼튼하게 살아갈 것을 생각해볼 일이다. 산속 생명들처럼 사이좋게 살 일을 꿈꿔볼 일이다.

이 책에 나오는 작품들

〈마음〉,《화답》, 김영재, 책만드는집, 2014

〈곁〉,《곁》, 신병은, 황금알, 2017

〈저녁이 젖은 눈망울 같다는 생각이 들 때〉,《나는 누가 살다 간 여름일까》, 권대웅, 문학동네, 2017

〈지금은 우리가〉,《당신의 이름을 지어다가 며칠은 먹었다》, 박준, 문학동네, 2012

〈천관天冠〉,《당신은 북천에서 온 사람》, 이대흠, 창비, 2018

〈그 손〉,《안개의 나라》, 김광규, 문학과지성사, 2018

〈운주사에서〉,《눈물이 나면 기차를 타라》, 정호승, 창비, 1999

〈돌담에 속삭이는 햇발〉, 김영랑

〈지금〉,《한 문장》, 김언, 문학과지성사, 2018

〈시〉,《시, 마당을 쓸었습니다》, 나태주, 푸른길, 2016

〈이생〉,《우주적인 안녕》, 하재연, 문학과지성사, 2019

〈별〉,《사진관집 이층》, 신경림, 창비, 2014

〈끝없는 강물이 흐르네〉, 김영랑

〈유사流沙를 바라보며〉, 《민영 시전집》, 민영, 창비, 2017
〈새해의 기도〉, 이성선
〈풀꽃 1〉, 《꽃을 보듯 너를 본다》, 나태주, 지혜, 2015
〈선잠〉, 《우리가 함께 장마를 볼 수도 있겠습니다》, 박준, 문학과지성사, 2017
〈서해〉, 《그 여름의 끝》, 이성복, 문학과지성사, 1990
〈연애 간間〉, 《연애 간(間)》, 이하석, 문학과지성사, 2015
〈연꽃 만나고 가는 바람같이〉, 《선운사 동백꽃 보러갔더니》, 서정주, 시인생각, 2012
〈방문객〉, 《광휘의 속삭임》, 정현종, 문학과지성사, 2008
〈창을 함께 닫다〉, 《비유의 바깥》, 장철문, 문학동네, 2016
〈산〉, 《없는 영원에도 끝은 있으니》, 박철, 창비, 2018
〈바래길 첫사랑〉, 《달의 뒷면을 보다》, 고두현, 민음사, 2015
〈나와 나타샤와 흰 당나귀〉, 백석
〈사랑하는 까닭〉, 한용운
〈호수 1〉, 정지용
〈그리움〉, 이용악
〈당신이 아니더면〉, 한용운
〈수색역〉, 《바다는 잘 있습니다》, 이병률, 문학과지성사, 2017
〈아직〉, 《아직》, 유자효, 시와시학, 2014
〈너에게〉, 신동엽
〈제왕나비-아내에게〉, 《제왕나비》, 최동호, 서정시학, 2019
〈미안하다〉, 《사랑하다가 죽어버려라》, 정호승, 창비, 1997
〈살았능가 살았능가〉, 《빈 배처럼 텅 비어》, 최승자, 문학과지성사, 2016
〈정처없는 건들거림이여〉, 《혼자 가는 먼 집》, 허수경, 문학과지성사, 1992
〈얼굴 2〉, 《이 가지에서 저 그늘로》, 김명인, 문학과지성사, 2018

〈노숙〉, 〈시인시대〉, 박정남, 2019년 봄호

〈잘 익은 시〉, 《용서를 배울 만한 시간》, 심재휘, 문학동네, 2018

〈걸식이 어때서?〉, 《녹턴》, 김선우, 문학과지성사, 2016

〈와락〉, 《와락》, 정끝별, 창비, 2008

〈와사등〉, 《설야》, 김광균, 시인생각, 2013

〈집으로 가는 길 2〉, 최하림

〈나이 든 고막〉, 《마흔두 개의 초록》, 마종기, 문학과지성사, 2015

〈오해〉, 허충순

〈열이 오르다〉, 《귀가 서럽다》, 이대흠, 창비, 2010

〈여름의 끝〉, 《뺨에 서쪽을 빛내다》, 장석남, 창비, 2010

〈종소리〉, 《오래 말하는 사이》, 신달자, 민음사, 2004

〈얼마나 좋은가〉, 〈서정시학〉, 정현종, 2014년 겨울호

〈떨어져도 튀는 공처럼〉, 《떨어져도 튀는 공처럼》, 정현종, 문학과지성사, 1994

〈소망〉, 《겨울날》, 김광섭, 창비, 1975

〈아픈 새를 위하여〉, 고영

〈세수〉, 《푸른 용과 강과 착한 물고기들의 노래》, 곽재구, 문학동네, 2019

〈먼저 가는 것들은 없다〉, 《나는 한국인이 아니다》, 송경동, 창비, 2016

〈엄숙〉, 김소월

〈새로운 길〉, 윤동주

〈코이법칙〉, 《운문호일雲門好日》, 이혜선, 지혜, 2017

〈저녁 포구〉, 《문득, 아픈 고요》, 오성일, 문학의전당, 2013

〈저 나비〉, 《혼자 가는 먼 집》, 허수경, 문학과지성사, 1992

〈민달팽이를 보는 한 방식〉, 《녹턴》, 김선우, 문학과지성사, 2016

〈그리고 나는 행복하다〉, 〈현대문학〉, 신경림, 2019년 1월호

〈건들대봐〉, 《화살시편》, 김형영, 문학과지성사, 2019

〈거리〉,《그곳이 멀지 않다》, 나희덕, 문학동네, 2004

〈산에서〉,《박재삼 시집》, 박재삼, 범우사, 1989

〈폐허 이후〉,《부드러운 직선》, 도종환, 창비, 1998

〈한 알의 사과 속에는〉,《구상무상》, 구상, 시월, 2014

〈망초꽃과 자전거〉,《비유의 바깥》, 장철문, 문학동네, 2016

〈봄은 고양이로다〉, 이장희

〈새〉,《북 치는 소년》, 김종삼, 시인생각, 2013

〈바람〉,《꽃》, 김춘수, 지식을만드는지식, 2012

〈난蘭〉,《내 노래하고 싶은 것은》, 신석정, 창비, 2007

〈멧새 소리〉, 백석

〈저녁눈〉, 박용래

〈강아지풀에게 인사〉,《나태주 대표시 선집: 이제 너 없이도 너를 좋아할 수 있다》, 나태주, 푸른길, 2017

〈칠성무당벌레〉,《동심언어사전》, 이정록, 문학동네, 2018

〈돌을 집다〉,《시작하는 빛》, 위선환, 문학과지성사, 2019

〈돌〉,《고백이 참 희망적이네》, 유강희, 문학동네, 2018

〈오리알 두개〉,《하동》, 이시영, 창비, 2017

〈청노루〉, 박목월

〈박꽃〉,《무인도를 위하여》, 신대철, 문학과지성사, 1977

〈앵두, 살구꽃 피면〉,《박용래 시선》, 박용래, 이선영 엮음, 지식을만드는지식, 2012

〈내 가슴속에는 제삼장第三章〉, 신석정

〈음지식물〉,《그리운 나무》, 정희성, 창비, 2013

〈산산산〉,《신석정 시선》, 신석정, 권선영 엮음, 지식을만드는지식, 2013